基本美

周嘉寧——著

推薦語

周嘉寧擅長在徐緩中表現撕扭，在恬淡中展示掙扎。她尋找的小說入口往往很小，卻有別人看不見的風景。優雅文靜的文字，飽含溫度、熱量和別樣的情致。

——程永新（《收穫》主編）

從現實看，周嘉寧的小說避免了生活的戲劇化，顯現出日常的憂勞、交流的艱難和情感的困窘；從虛構看，所有的現實都被收攝為向上的可能，彷彿融入了澄澈的大湖，呈現出一種讓人心動的基本美。

——黃德海（評論家）

她是一個被內在力量驅動的作家，她身上有極其固執的軟弱，她的小說很容易與讀者擦肩而過，當時惘然，後來想起，覺得是她主動避讓。為了不讓你記得，或者是她自己可以忘懷。

——路內（小說家）

讀了周嘉寧的這些小說，意識到我們這一代人確實有共同的東西：歷史的虛無以及對這種虛無的抵抗，不知所以的諷刺和熱望，陷於自我和時代的反覆糾纏……這是重大寫作誕生的時刻。

——楊慶祥（詩人，評論家）

這本書裡的小說以一種內在的統一性，完整地呈現了周嘉寧近年的思考——關於遠去的時代和消逝的青春之間曾發生過的強烈共振。她用詩意的語言，創造了一種沉靜、充滿反思的「見證者」的聲音。

——張悅然（小說家）

基本美

周嘉寧

Contents

了不起的夏天

「今天喝白酒還是喝啤酒？」
「燙點黃酒是不是也不錯？炸花生總也要來一碟吧？」
「你還想吃點什麼，我先點起來。」
秦從辦公室出來，騎車沿著延安路飛馳，手機揣在夾克衫口袋裡不斷振動，等他騎過三個路口停在紅綠燈處掏出來看，湧進來數條短信。暗淡的印刷體畢恭畢敬地強調著不真實的溫柔。唉，師傅自然地選擇了那間小飯館說是要喝個夠，完全不顧公司已經在幾年前便搬到了江邊新的辦公區域，騎車回來千里迢迢。然而要是對他提出新的建議，他便會笑瞇瞇地說：「啊，你說得對，不過對於我來說……」沒有對抗，只有交流，任誰都無法拒絕，是非常寬厚的專橫與冷硬。小飯館位於一個老的居民小區裡，公司舊址樓下，十年前便在，十年後或許也不會倒閉。油煙重，不禁菸，實惠，老闆因為燒一手好菜，有種恰到好處的傲慢。而且自己帶酒去也不會被索要開瓶費。
「我還有兩條馬路就到了。」秦一腳支在上街沿，脫下手套來費力地對著手機打字，嘴裡念念有詞，卻被又一條新的短訊打斷——「要不我先幫你要一個啤酒吧。歡迎你的到來！」——明明是歡迎你的到來啊，秦這樣想著，刪掉了前面打的字。笑著輸入：「很好，浪漫！」幾乎能感覺到自己強烈的忐忑和喜悅。然後他重新戴上手套，一鼓作氣斜插入八車道的十字路口。傍晚的天氣預報報了平流霧，此刻氣溫驟降，彷彿埋著一場堅硬的雪。

最初兩年有一些關於師傅的傳聞。一部分朋友說他去了俄羅斯做生意。據說他在俄羅斯念的大學，卻並沒有被他當作值得重視的人生經歷常常提起，平日說起一些與俄羅斯相關的事務時也不見他有任何興致，自然也沒有聽他說過俄語。另外一部分朋友說他去了西南荒野的山裡。秦記得二〇〇一年，他倆從北京回來，師傅直接請了一段時間假，去了雲南山中，住在廟裡。回來以後的短時間裡又去了第二趟，第二趟待的時間很短。旁人可能把他之後的去向與這段經歷混淆。秦卻更傾向於這種說法，雖然他很清楚師傅對於世間的事情絕非應付不來，也沒有什麼要躲起來的願望，要知道他當時手頭井井有條地處理著一大攤事務。然而師傅又絕沒有什麼勃勃野心，既不為了錢，也不為了理想，要想像他費勁地生活著根本不可能。相反他是個消耗很少的人。如果在廟裡待得舒服，與和尚們一起打電腦遊戲確實很像他的選擇。

師傅比秦大十幾歲，是行業裡最年輕的創始人之一，卻熱衷最基層的技術活。秦和其他同屆實習生對他懷有絕對的敬畏，擔心被他看到自己哪怕一點點的勢利或者愚昧。然而他又經常性地流露出幼稚，寬容，甚至可笑的特性。這樣一個人，脾氣好得不行，說話和行動卻斬釘截鐵，在每個重要的節點上又非常自然而然地選擇背道而馳的輕鬆道路。即便是現在，秦也很難說自己理解人生的複雜，更不用說在當時，對於師傅的很多言行只能報以訕訕一笑，蒙混過關。

然而把在網吧裡打《三角洲》的師傅疊加到寂靜的寺廟裡，秦從未感到任何困擾。師傅離開以後，他也沒有具體思索過師傅的去向。況且師傅並非消失，他按照程序辦理了離職，鄭重地和同事們道別。甚至有過歡送會。秦無法回憶起任何歡送會的細節，卻能夠想起那一年的尾聲，他們無數次從機房出來，圍坐在樓下小飯館挨著廚房的桌子旁邊，反覆告別。溫柔和愉悅的氣氛叫人難以忘懷。

師傅離開半年以後，秦轉為正式員工。人事部的女同事體貼地安排了師傅坐過的機位給他。之後秦在短短的時間裡成為主任，部門主管，地區主管。彷彿代替師傅完成了他一部分既定的人生。

只是秦內心清楚，這部分既定的人生或許只是好運相伴。而且這個行業沒有技術的進步可言，只有時間累積而成的經驗。占領了一個又一個的堡壘，卻絲毫沒有成功的喜悅。長此以往，便因為滯留感而產生深深的自我懷疑和失望。師傅從未談論過這些，可能是因為他預見到了這個階段便早早退出，導致他給人留下的最後印象依然帶有拓荒者般的粗糙和興奮。秦的性格雖然與師傅相差甚遠，卻笨拙地學習著師傅說話的語氣、神態，性格中令人費解的片段。這樣，當人們停止討論他，忘記他，秦卻把他變成了一種概念或者一些詞語般的存在。

秦來到公司的第一年冬天，師傅帶著睡袋在秦學校宿舍閒置的下鋪度過了一整個寒假。他們從沒有談論過原因。中間秦回家過年，又提前回來。穿過空無一人的操場，走廊，回到宿舍。桌子上放著泡麵、餅乾、火腿腸、牛奶的空盒子和菸灰缸裡排列得整整齊齊的菸頭。師傅把睡袋的拉鍊拉到下巴，在裡面呼呼大睡。秦感覺自己被信任，也感覺到一種必將非常持久的情誼，接著也倒頭在旁邊的鋪位裡睡了過去。醒來時感覺是第二天，卻其實是夜晚。師傅已經從睡袋裡爬了出來，正在套一條髒兮兮的牛仔褲。「真雞巴冷啊，沒有暖氣內褲都沒有乾。」師傅背對著他發出這樣的感慨。

師傅來自於哪裡，有沒有結婚，父母是否健康，為什麼那個寒假無家可歸，這些事情他們之間從來沒有談論過。但是秦總能記得師傅套上褲子時肩胛骨往後頂的姿態，瀟灑，年輕，堅定。對他來說比起日常的經歷，抽象的細節更能定義一個人的存在。校外擺攤的外地人大多還沒有回來，學校趁著假期大興土木。他們後來沿著工地走了很長的路，餓得直哆嗦，內心卻充滿了期待。

這種炙熱和溫柔的期待，彷彿確實隨著師傅的離開而從生活中消失了。秦在小飯館門口鎖自行車的時候突然哆哆嗦嗦地想起來。

「歡迎光臨！」——暖和的油煙氣和喧鬧聲一起湧上來，秦拉開小飯館的棉被簾，瞬間流出了鼻涕。師傅坐在門口的小方桌邊，笑瞇瞇地，堅決地，朝秦舉起右手，大聲招呼。

「真雞巴冷啊。」秦不由複述了一遍剛剛躍入腦海的話。於是兩個人既沒有要白酒，也沒有要啤酒，叫老闆切了薑絲，燙了一瓶黃酒。又迅速要了花生、拍黃瓜、回鍋肉和椒鹽小黃魚。身後的兩張大桌坐著兩組吃開年飯的公司職工，還不斷有人加入進來，每進來一個人就掀起一陣勸酒的小高潮。門口的切配工人則在處理新鮮的羊肉，抽筋，去骨，師傅像是剛剛返回人間似的看得入迷，不時地扭頭讚嘆工人流暢的動作與節奏感，眼睛閃閃發光，動人的真誠和專注從某種程度上緩解了秦的緊張。他這才脫下夾克，掛在身後的椅背上，喝了一口熱茶。心想，師傅可能對於時間的流逝也好，彼此的變化也好，並未察覺，或者毫不在意。

「我從單位出來的時候，同事們都在說晚上會下雪。」秦開頭說。

「你有多久沒有看到過雪了？」

「好像有生以來都不能算是看到過真正的雪吧。你呢？」

「雪嗎？我前幾天被困在聖彼得堡。開車去機場的路上，先是陰沉沉的，經過一段隧道突然就變成了漫天大雪。又因為之前已經開了幾個小時，不得不在路邊停了一會兒，開了鬧鐘想要睡上二十分鐘。結果睡了一個小時。我和我的老婆，誰都沒有聽到鬧鐘。」

「等等。結婚了？」

「陰差陽錯地在聖彼得堡結了婚。」

「對方是俄羅斯人？」

「中國人。姓楊。」師傅認真地回答，並沒有打算對結婚這件事情多加評註，「平日裡到機場只有三十分鐘的路，我們又開了三個小時。到了以後卻發現整個機場都關閉了。最近的跑道上停著一架試圖起飛的飛機，旁邊的工程車正往機翼上噴水。那種天氣啊，可能就連蒸汽都會被凍住。很多來坐飛機的乘客卻好像早有準備，隨地鋪開睡袋來，櫃檯裡最便宜的龍舌蘭和伏特加也被賣得精光。還沒等我們回過神來，就連附近的連鎖旅館也訂滿了。既然這樣，乾脆開車去湖邊看看吧！我心裡想。」

「啊，凍住的浪！剛好不久前在一個紀錄片裡看到過這個。」

「是啊。瞬間凍住的浪。但其實湖在很遠的地方啊。這種天氣裡開車得一天一夜，火車全部都停了，無論如何也不可能到達。所以最後只是開車來到最近的還有房間的旅館，隨便度過了一晚上。接下來的兩天，雪忽大忽小，但完全沒有要停下來的意思。感覺自己無處可去，也沒有回去的可能，反而完全放鬆起來。再如何努力也是白費勁，這種感覺不常有，一旦產生了便愉快得不得了。不過，這種情況下，我們的航班卻不可思議地在大雪裡起飛了。起飛的時候，氣氛非常凝重，隔著走廊的大漢不知道為什麼哭了起來。等到我反應過來，我自己的眼眶也濕了。哭什麼呢，你說說，真不明白啊。我在飛機上喝了太多龍舌蘭了。」

「真不應該和你提起雪的事情。」

「唉，多愁善感了，多愁善感了。」

這時老闆端上來燙好的黃酒，裝在一把鋥亮的小銅壺裡，倒在玻璃杯裡真的燙手到握不住。接著小菜也一溜排開，小黃魚炸到金黃，旁邊一小撮堆得尖尖的椒鹽粉。黃瓜上多澆了一勺辣椒油。又附贈了一碟鬆脆噴香的臭豆腐。兩個人趕忙拿起筷子，又想起來急匆匆地碰了個杯。

「願天下無賊。」

「祝萬壽無疆。」

正前方的電視機裡照舊播放著馬三立的相聲，他七十九歲時講吃餃子的那段。聽不太清楚，但是兩三個獨自在吃蓋澆飯的人也看得很起勁。兩口黃酒下肚以後好想吃餃子啊。白菜豬肉。這種天氣來碗撒了香菜的餃子湯也很好。秦不免走神想著那天和師傅走了很遠的路，去吃了什麼。那種炙熱的期待的盡頭是什麼。

「但是你過得怎麼樣？我一直很擔心你。」師傅打斷了他。
「欸？我有什麼可擔心的。我——」
「大概是因為很難想像你可以成為一個社會人。」
「假裝一下也沒有問題。我們的公司搬到了江邊，老邱看起來幹勁十足。」
「我倒不是擔心你這些。職業什麼的真是最不值得擔心的了。」
「哦？那是什麼？」
「信不信佛，有無妻女什麼的。」
「哈哈哈。已婚。沒有孩子。也沒有信佛。」
「那應該也沒有迷戀茶道、抄寫心經或者盤珠子吧？」
「不僅沒有迷戀上任何東西，遊戲機也賣了。」
「啊！」
「很快就後悔了，畢竟《輻射》也只是玩到一半，想起來遊戲裡的狗可能還躲在教堂裡等我，想要消磨時間的時候也沒有辦法再在廢土上隨意遊蕩。我也沒有好好玩，整天就在小鎮裡撿相片、錄音帶和電風扇什麼的。遠一點的地方都不想去，各種各樣的勢力挺煩人的。存活下來的壞人、改造人、怪物。如果不急著殺怪，也不追求劇情的推進，就可以一直閒逛著，撿撿垃圾。」

「哦。這樣也彷彿是在觀光旅行。」

「哈哈。你這樣理解也很對。而且遊戲裡的音樂也很好，因為背景的設置是二戰以後，披頭士還沒有誕生。明明是非常陌生和冷酷到譏諷的背景，卻彷彿可以感受到時代的洪流。」說到這兒，他們覺得彷彿周圍的人都一起為了「時代的洪流」而靜默了一會兒，直到老闆拿起遙控器把電視轉到了某個地方台的新聞——「這盤古賓館住一晚上得好幾千吧！」接著旁邊桌的人紛紛感慨起盤古賓館有多難看，為了舉辦奧運會花了多少納稅人的錢，劉翔的傷情到底如何。繼而乾脆談論起了奧林匹克精神。

「我還挺想去看看奧運會的。」秦低聲說。

「唔？」師傅不置可否地點點頭，秦卻從他臉上捕捉到稍縱即逝的奇怪表情，譏諷混雜著稍稍的憤怒。他突然冒出強烈的念頭，他在那一刻理解了師傅，短暫地，徹底地。然而理解帶來的並非認同，完全不是。卻是清晰的輕蔑和失望，甚至是與師傅的譏諷和憤怒所對抗的另外一種譏諷和憤怒。但是他適時截住了這種想法，關閉了思維的通道，也同樣不置可否地發出一個語氣詞。

「啊，你還記得二〇〇一年的夏天吧。真是一個了不起的夏天。」師傅卻突然振奮地說。

「是啊。真是一個了不起的夏天！」

然而秦竟然差點忘記。二〇〇一年的夏天，秦作為實習生第一次被派去北京出差，和師傅兩個人住在地壇體育館旁邊的旅館裡。他們的房間是一間地下室，卻涼爽整潔，每天早晨都有保潔工人放一只泡滿熱水的暖水瓶進來。茶葉水果也是免費更換。雖然是工作，秦卻把這段經歷作為成年後的第一次旅行來看待，非常重大。這是他第一次坐飛機，第一次離開上海，獨自走在異鄉的馬路上。而北京的夏天非常可愛。乾燥，明亮。趁著工作之餘，他坐公車去北京大學看望了高中同桌，然後逛了頤和園，爬過萬壽山，在昆明湖邊留下照片。

結束工作正逢週五，於是秦和師傅商量再多待兩天，師傅欣然答應。他們中午收工以後一起去逛了北海公園，划了船。師傅在船上高聲唱了〈讓我們蕩起雙槳〉。之後他們在鼓樓吃了炒肝和包子，又去東四吃了滷煮，廚子從大鍋裡爽快地舀了兩大勺，掰了一個囊餅。撒足了香菜和大蒜。師傅吃什麼都往裡面淋醋，日後秦也養成了這樣的習慣，吃牛肉麵也好，包子也好，都要淋醋。到了晚上，他們在旅館門口的小賣部買了一打燕京啤酒和一袋鹽水花生，守著電視看申奧揭曉的直播。

秦認為那天全世界的人都在電視機前，至少整個中國是這樣的。視平線上方的天窗裡傳來門衛房間的電視聲，偶爾有匆忙的腳步掠過，彷彿也正奔向某個消息的終點。師傅坐在一把靠背椅上，穿著沙灘褲，右手不停交換著啤酒瓶和花生。現在回想起來，師傅正處於一種無法解釋的焦躁中，卻被當時的秦解讀為激動。而秦自己是激動的，激動非凡，甚至因為人生第一次身處集體性的大事件中，而產生了莊重和肅穆感。他就和電視鏡頭裡掃過的人群一樣，他們席地坐在廣場上，街道的大屏幕底下，自習教室裡，會議室裡，家裡，保持著視線和神情的一致，靜默，祈禱。那種緊張和期待都是今後再不可複製的樸素，甚至純潔。他以為自己會永遠地記住這一天，會在今後漫長的人生中反覆和朋友們回憶起當日的場景。

等到十點，薩馬蘭奇緩緩地說出「北京」兩個字，現在回想起來這幅電視畫面，和那些重要的歷史片段毫無兩樣，帶有時代的疊影和回聲。秦目瞪口呆地扭頭看著師傅，師傅也正看著他，「牛逼啊！」他們可能是異口同聲地說。接下來的兩三分鐘裡，他們抓起各自的T恤，踩著球鞋往門外跑，跳上馬路上撞見的第一輛出租車——「哥們，我們去天安門！」

瘋狂的夜晚和街道。從兩側開過去的夏利和吉普全都敞開著車窗，人們探出身體，揮舞著雙手或者國旗。過路的天橋上全都站滿人，不知道他們站在那裡做什麼，但是秦有種強烈的想要跳下車去躋身其中的衝動。出租車的行駛非常緩慢，司機開著窗抽菸，熱烈地和他們交談。而秦注視著外面明亮的街燈，寬闊的馬路，幾次抑制住想要落淚的衝動。興奮到高潮處反而湧現的悲傷令他非常迷惘，這些也都不好意思被師傅發現。最後司機在王府井附近停了下來：「沒法再往前開了，往前走，順著長安街就能走到天安門了。」

於是他們下車，在小賣部買了水和菸，往天安門走，希望能趕上國家領導在廣場上的講話。但是之後在秦的記憶中並沒有這場講話，他從未親眼見到過領導人。可能他們沒有在此之間到達，或者已經到達，而廣場上令人震驚的人群覆蓋了秦對於講話的記憶。他從未見過那麼多的人，逆向的，橫向的。而且所有人都如此振奮，散播著幾近爛漫的開心情緒。迎面走來的陌生人互相致意，市民組成的鑼鼓隊來自四面八方。一些年輕人站在空的公交車頂上唱〈國際歌〉和〈戀曲一九九〇〉。

直到天安門第一次出現在秦的眼前。在這樣的時間，以這樣的形式，帶給他的心靈以強烈的震盪。它過分巨大，過分清晰，過分明亮，把周圍的現實襯托成了短暫的黑暗。

真害怕活不到二〇〇八年啊！秦站在原地這樣想。竟然感覺到害怕。

接近凌晨的時候，師傅先回旅館睡覺去了，秦留下來等待清晨的升旗儀式。接下來他又沿著長安街從東往西走。北京大學的同學給他打電話，他們在電話裡興奮地說了一通，那頭說他們一大群人也在廣場，一會兒要找個地方涮羊肉慶祝。秦說好去和他們碰頭，但是半個小時以後來到匯合點卻沒有找到人。手機電池耗盡，體力也差不多了。接近清晨的時間變得非常難熬，大部分的人散了，空的公交車開始往回撤，地上留下來很多垃圾和紙片。秦回到人民英雄紀念碑前面的空地上，用雙肩包枕著頭躺在台階上，望著天安門，很快睡著了。

他錯過了升旗儀式，而且因為沒有帶足夠多的錢，決定走路回旅館。中間他在北河沿附近停下來吃了一籠包子和一碗豆花，街道慢慢冒出暑氣，白晃晃的日光終結了幻覺般的夜晚。回到旅館的時候，保潔工人早已放好了熱水瓶，師傅還在睡覺。房間裡靜悄悄的，幽暗涼爽，被庇護於白日，秦也立刻倒在了床上。

當天晚上他們坐臥鋪離開北京，師傅很長一段時間坐在靠窗的小凳上，既不抽菸，也不交談。夜晚的車廂中有人走動，有人講夢話，經過一個個地圖上的節點。秦躺在上鋪，對未來做出一些模稜兩可的計畫。中間秦輕輕地問師傅：「這是你第幾次來北京?」

「第一百次，可能一百零一次。」一個來自黑暗中的回答。

計畫不知道有沒有實現，因為它們幾經更迭，早就變得不重要。當秦再次想起這件事情的時候，想起師傅沉默的側影和外面無邊的黑暗中偶爾出現的燈火，他自己曾經的焦躁迷惘變成了某種不可描述的冷酷情緒，連帶著的是眼前握著一只玻璃杯的師傅從概念和詞語變成了實體。他從師傅瀟灑的狀態中敏銳地感覺到了軟弱和失望——但是他同樣再次止住了自己的念頭。秦讓老闆燙了第二壺黃酒，他知道自己的問題，希望自己至少能夠在與師傅的相處中，恢復到善意的柔軟。

「這樣說起來，二〇〇四年奧運會的時候你在哪裡。」

「啊，二〇〇四年——不好意思地說，多半是在寫論文。」師傅停頓了一下，露出複雜的神情，像是要掩飾一種笑意，又彷彿有錢人在談論財富。之後他低聲補充，「我真是一個很老的學生。」

「在聖彼得堡？」

「是啊，如果不是因為念書，很難在那個地方待那麼長的時間。但也並不是像你想的那樣。」

「我沒有仔細想過這件事情。你去了哪裡，根本沒有頭緒。」

「但是去了哪裡也都沒有什麼兩樣。換了一種環境的消耗，當然我當時並不知道。」

「我能想到你會這樣說。」

「我並不想要什麼自由啊，甚至進步。都不想要，或者用你的話講，沒有仔細想過這些事情。自己也沒有辦法判斷知識的索取是否就是原始的慾望，或者新的可能性是否有意義。我以前喜歡的書啊電影啊都是致敬失敗者的，我在這個社會結構中的理想狀態是一個失敗者。但其實輪到自己下沉的時候，就不免想要掙扎，生存本能般地抬起頭來。既想要做一個破壞者，又沒法擺脫功利心。念書也好，論文也好，給人一種平靜的幻覺，絕對的寬慰。其實也不失為一種功利心，好像就能以最低的成本獲得一些什麼。」

秦點點頭。

「還是說說二〇〇四年奧運會吧。你那會兒在做什麼？」

「我和當時的女友住在附近的老式小區裡，就在這裡隔壁。一室戶，廚房在過道裡。我們把陽台隔成了所謂的工作間，其實誰都沒有真的在那裡工作過。我不太愛看田徑比賽的，但是劉翔決賽的那天晚上不知道為什麼會坐在電視機跟前。女朋友不在。然後劉翔過線的時候我叫了起來。意料之外的低吼，然後整個小區裡吼叫聲此起彼伏。夏天那些打開的窗戶，那些陽台。即便是現在，我都覺得這可能是我成年以後最喜悅的時刻，我竟然坐在涼席上笑出了聲來。」

「那可能是一種荷爾蒙恰逢大事件的反應。」

「不。不是這樣的。後來我每獲得一些什麼的時候都會回憶起這個時刻。

工作上有了飛躍也好，結婚也好。但是從來沒有哪個時刻的喜悅可以和當時相比。真奇怪啊。明明是一件和自己根本沒有關係的事情。你念書的時候有過這樣的喜悅嗎？」

「非常少，幾乎沒有，倒是經常處於堪稱是行屍走肉的狀態。」

「我覺得我可能是喜歡集體，集體主義？這個詞到底是什麼意思？」

「這樣也沒有什麼不好。畢竟喜悅並不是什麼非常要緊的事情。」

「不，不是這樣的！喜悅是當今最被低估的感情，我恰恰覺得應該要重新評價它的價值。」

師傅抬起頭來認真地看著秦，正當秦要為剛剛那番話不好意思地扭過臉去的時候，師傅卻突然說：「嚯！有沒有人說過你和劉翔很像？」

「啊，不好意思！不過二〇〇四年的時候比現在更像，可能是更瘦一點吧，幾乎就是一個小號的劉翔。家裡人也很震驚。劉翔奪冠第二天各家報紙都用他衝線的照片做了整版，我媽竟然保留了好幾份。天，真不知道她是怎麼想的。後來還碰到過在餐館裡被上了年紀的阿姨索要簽名的事情。弄得非常尷尬。」

「哈哈哈哈。」

「老闆，再燙一壺酒。」

「不，不了！」師傅出乎意料地做出終止的姿勢，「我們不要浪費時間。」

「但這個晚上我們什麼都做不了。」秦感覺到酒精帶給他的輕盈和理直氣壯的沮喪。

「我帶你去一個地方。我們還是可以繼續度過一個有一點喜悅的夜晚。」

半個小時以後，秦被師傅用自行車載著來到一個劇場。這個劇場可能有過風光的時候，解放初期梅蘭芳和蘇聯的芭蕾舞大師都曾在這裡演出，現在則依靠老幹部的聯歡會和業餘票友們維持著營生，甚至還有馬戲表演。儘管地上粗暴地覆蓋著破舊俗氣的大面積紅色地毯，牆上也自然懸掛著大幅的牡丹工筆畫或者是駿馬圖之類的東西，依舊可以看到一些莊重動人的細節，以及肅穆的氛圍。門廳、休息廳、樓梯、穿堂，各個部分功能明確，布局合理。地板上露出來的馬賽克，台階的磨石子材質，被棄置的大型水晶吊燈和噴泉，無法被粗鄙毀滅的，都是持久和溫柔的尊嚴。

秦跟著師傅走過靜悄悄的大廳，推開二樓觀眾席厚重的門。迎面是劇場久違的氣息，溫度合適，沉積在椅子海綿裡的菸味、灰塵。一樓零零散散地坐了一些人，都在沉默地等待著，二樓只有他倆。師傅從夾克衫裡掏出一只小小的礦泉水瓶子，打開蓋子，晃了晃裡面的白色液體，是伏特加。他喝了一口，然後遞給秦，秦便也喝了一口。還不錯。

「今晚會有一個了不起的樂隊演出。後搖。」

「什麼是後搖，詳細說說？」

「這麼說吧。我寫論文那兩年和一個浙江的人合租一間公寓。我每天翻資料，他每天打遊戲。兩個人都是白天睡很短一段時間，傍晚起床。我們有時候一起出去買披薩，回來的時候下一點雨，這樣很快就冬天了。到了冬天就更少出門。大家都覺得這哥們特別喪，揮霍家裡的錢。但其實在聖彼得堡也花不了多少錢。而且在我看來，他比我們其他人更有希望。我陷在資料裡毫無頭緒，連基本的框架都搭建不起來，這種情況起碼持續了一年。而他在遊戲裡過關斬將的。虛構世界又怎麼樣呢，管他是虛構的還是現實的呢。所以你真不應該把遊戲機賣了。」

「你那時候聽這個樂隊？」

「倒也不是，這個樂隊是後來的事情了。我就是突然想到了。因為也不知道如何給你解釋。」

「現在那哥們呢？」

「他是學農業的，家裡在浙江有個工廠。後來在馬來西亞買了一塊地，種榴槤。但是第一批榴槤要等五年才能長出來。我想想現在過去了多少年。」

劇場的燈光暗了下來，他們停止了交談。幕布升起來以後，有人站出來匆匆報了幕，他說：「你們可能不相信，接下來是馬戲團的表演！」秦被這種說法弄得一頭霧水，但是樂隊已經登場。一個穿白色襯衫的小提琴手，一個穿毛衣的吉他手和一個穿著夾克的鼓手，沒頭沒腦地開始演奏。秦完全沒有進入狀態，他還在思索著一些無關緊要的事情。羞愧地說來，相比現在坐在某個奇怪劇場的二樓，表演一種彷彿屬於小說的情節，他更喜歡遵循世間的規則。而且他向來做得非常好，從中得到即便不是喜悅的滿足。就連酒精帶來的輕鬆也已經在某個瞬間徹底消失了，他感覺到自己在疲憊地下沉。

「你有沒有一種感覺，在奧運會之後，世界將會變得更不一樣？」師傅喝了一口酒，秦也是。

「是好的還是壞的？」

「是變得更堅固，非常的堅固。」

「我也不是很清楚。據說接下來要全面禁菸了。」

「那你怎麼還那麼起勁呢？」

「我怎麼起勁了？」

「你要去北京看奧運會。」

秦沉默了，接著他被演奏帶入了某種奇怪的情緒。一段小提琴的獨奏配合粗糙的鼓點，又癲狂，又沮喪。大段的循環之後彷彿要衝往時間的盡頭，卻始終沒有結束。他感到既哀傷又煩躁。演出者的狀態並沒有很好，彷彿彼此之間都靠著意念在繼續，呼喚者與被呼喚者之間也很少有相互回應。作為聽者來說，似乎要做到足夠漫不經心才能夠與音樂達成微妙的和諧，漫不經心恰恰是秦所不具備的好品質。

提琴在焦慮中很快變成了鋸木般的白色噪音，又薄又脆，所有緩慢潛行的暗流知覺都消失了，想像變得像紙刃般潔白，明亮，銳利。再粗糙的鼓也無法使它沉降。

太討厭了！秦希望自己能說出來，他被這討厭的音樂折磨得頭昏腦脹。他討厭這樣的音樂，以及它所代表的自由也好，傷感也好，以及過分正確的墮落和抗議。都是噪音，都是討厭至極的玩意。

這樣持續了四十分鐘以後，突然幕布強行關閉，一樓亮起了燈，但小提琴依然在繼續。秦這才在光線中看到有一個外國旅行團在底下占據了好幾排位置，正乖乖地等待著真正的馬戲團表演。或許這個隱蔽的演出並沒有和劇場方面達成共識。但無論怎麼說，這真是一個滑稽的場面，什麼都沒有弄明白的外國旅行團，穿著羽絨服的美國人，彼此張望著，冷颼颼地坐在憤怒的樂迷中間。

秦不由想要哈哈大笑。他完全喝多了。所以在看到一個人跳上舞台拉開幕布的時候他並沒有意識到那個人是師傅。

師傅輕盈地跳上舞台，像一頭在懸崖上跳躍的山羊，幕布被拉開後，又緩慢地強行關攏。小提琴繼續著，變成刺耳的幻覺。師傅第二次跳了上去，再次拉開，然後迅速消失在了暗角。底下響起歡呼，旅行團的人也喜悅地站起來拍手，暫時所有人都忘記了馬戲團的事情。

秦看著眼前的情景，被奇妙的情緒衝擊，強烈而複雜。一方面在進一步明確和堅固了自己邊界的同時，感覺到某種尷尬。另一方面他被類似年輕或者青春的氣燄震懾。站在一個男人的角度，困惑地意識到時間並沒有給師傅以任何形式的餽贈，那些可以被稱之為進步，或者退步，或者滯留的狀態，在師傅身上完全感覺不到。有一件小事，在秦剛剛走進小飯館的時候便模糊地意識到，直到現在才得以明確地說出來，師傅從某種角度來說，彷彿回到了他們相識之前，或者說他重新獲得了——唉，那種狀態雖然有跡可循，對於秦來說卻未免太過抽象。

然而在秦轉為正式員工的那天，老邱曾經和他進行了一場漫長的談話。當時師傅已經沒有了音訊。對於老邱來說這件事情要更殘酷些，幾乎相當於是拋棄或者背叛。但是老邱對師傅有著期待和忍耐，介乎哥們與父親之間，這種樸素的情感，之後秦在與老邱的相處中，也深深地感受到。

「你看過《三劍客》嗎?你認識他太晚，就連我也很遺憾沒有親眼看到一個二十世紀的達太安從加斯科尼走出來是什麼景象，」老邱的語氣過分鄭重，「一直很遺憾太晚認識他，否則那畫面一定引人入勝。」

是啊，太遺憾了。也沒有辦法在這個注定要發生劇烈變化的地方成為他邂逅的第一個火槍手。機會一旦錯過就再也無法重來，只能等待下一個來自於荒原的救世主，而我們始終做好再一次巧妙錯過的準備——這可能是老邱的原話，或者是秦記憶中一而再，再而三的複述。繼而在他意識某處的荒原，升起巨大的明亮的黃色星星。一顆，兩顆，很多顆。

二〇一七年四月

假開心

「我們認識的時候，你才只有二十歲。」小山喝大以後常常這樣說，然後他朝我舉起酒杯，one shot！一口氣喝完以後幾乎要戰慄著跺一下腳。

場所合適的話，我們最願意喝的是各種烈酒。近兩年我們發掘了兩個隱蔽的酒吧，隱蔽指的是地理位置。兩個酒吧都位於緊挨鬧市區的小馬路上，沒有招牌，但是推門以後，生意卻好到不行，經常需要等位。我們都是沒有耐心的人，這種時候卻願意忍受。兩間都以雞尾酒作為特色。一間稍微便宜些，光顧的多是附近常駐的歐洲人，提供用芝士煮的毛豆下酒（在其他任何地方都沒有吃到過）。另外一間貴了不少，儘管地方很大，但是在酒鬼圈裡實在名氣太響，有時候不得不因為等位時間太久而放棄。單單就酒來講，後面那家更好，酒單做了不少創意，卻並不花俏，看得出老闆專業的態度，而且還特意用海明威命名了一種威士忌做底的雞尾酒。可惜裝修風格過分花俏，桌子和椅子的間距也有問題，音樂不錯，但是太響。和小山在一起還好，我們不太交談，換作其他人，就會有些傷腦筋。

和四五個朋友的話，去的更多的是居酒屋。也有兩間常去的，食物說不上有多好吃，但是烤串也好，納豆也好，煮蘿蔔也好，玉子燒也好，該有的都有。

最主要是生啤非常便宜，完全可以敞開了喝。

冬天偶爾去街邊的熱氣羊肉店喝瓶裝啤酒。一年裡也總有一兩次會叫上一大夥人去唱卡拉ＯＫ。從十二月份到來年開春前，則趁著各種節日，在我家裡吃幾頓火鍋。我準備兩瓶紅酒，小山帶上一瓶朗姆酒或者一瓶金酒，一塑料袋罐裝啤酒。我租過的房子都非常適合喝酒。不大不小，正好可以把人圍攏在沙發前的區域，又不會感覺局促。勉強稱得上乾淨，雜亂維持在恰好的程度，喝酒的時候不會感覺畏手畏腳。抽菸沒有關係，菸灰落在地上也不扎眼。

但不管是在哪裡喝酒，小山都會喝醉。通常他用兩三杯 shot 迅速把自己帶入中間地帶，等待意識的縫隙漸漸發出咔嗒咔嗒的聲響，接著放慢節奏，要一杯兌過水的威士忌，這時候他才算是開始喝酒了。因此啤酒對他來說太緩慢，紅酒複雜的口感反倒成為感官上的干擾，而且相對烈酒來說，開到一瓶好紅酒的幾率要低很多。雖然小山家裡藏著幾瓶不錯的威士忌，但他平時最常喝的是日本產的白州或者山崎，價格合適，容易買到。他的工作和賣酒有些關係，對各種酒都能說上幾句。

「我不是賣酒的，說了多少遍，我是ＩＴ男，而且去年已經換了工作。」

每次他都不得不糾正我，但他確實曾經在一家製酒的外國公司工作，是個正經上班族。不僅如此，不到四十歲便已經成為高管，公司在使館區，薪水當然也很可觀。到底賺多少錢，工作的具體內容是什麼，我們卻從沒聊起過。

「我現在是全球最大的管理軟體公司在中國消費品行業的首席忽悠官。」

「什麼是管理軟體公司？」

「軟體是用來做企業管理的。說了你也不明白。我估計你連什麼叫企業都不知道。」

「哈哈哈。」

「你這樣可不行。」

「就是因為你對我來說是非常重要的人，所以才根本沒有想過你到底是做什麼的。」

「唉，唉。不是說這個。我是說你喝酒太慢，這樣可不行，什麼時候才能喝醉啊。」

誰不喜歡喝醉呢。一年四季的醉略有不同，卻各有各的妙。冬天從熱呼呼的小酒館裡出來，披著大衣在寂靜的馬路上歪歪斜斜地走兩步，清洌的空氣從鼻子猛灌進肺裡。夏天從傍晚就開始喝酒，夜晚彷彿永遠都不會到來。秋天我們抓緊最後的機會在室外喝酒。春天，春天最能體會到動物性的感傷和喜悅。

今年小山四十歲，我三十一歲。認識了十一年是一個什麼概念——起初覺得他是位社會經驗豐富的前輩，漸漸地便成為同齡人。我和其餘一些朋友也有超過五年的交情，哪怕是以十年為界，依然能找到比小山認識年數更長的朋友（比如阿敏，我們的交往從中學一年級開始便沒有中斷過），甚至過了三十歲，依然幸運地交到了一兩位嶄新的朋友。因此，所謂成年以後很難交到朋友的魔咒並未在我身上兌現。

而小山的不同之處大概在於，他認識我的時候，我恰好二十歲。我一直不知道該如何描述那段時間，直到後來讀到一位日本攝影師影集裡的話：「如果真有一段可以稱為青春的歲月，我想，那指的並非某段期間的一般狀態，而是一段通過青澀內在，在陽光的照射下輕飄搖晃，接近透明而無為的時間吧。也是被丟進自我意識氾濫之大海時所遭遇的瞬間陶醉。換句話說，那是一種光榮的貧瘠，偉大的缺席。」——正是如此。

也就是說，我們相識在一段幾近空白的時間裡。漫長的，白晃晃的，與世隔絕的。這段時間與之前或者之後全然沒有關係，就這樣憑空存在著。我相信小山提起「二十歲的我」，他並沒有想起確切的我。他既是霍爾頓，又是蓋茨比，又是渡邊徹。所以他想起的大概只是他的願望，而不是發生過的現實。

「我們奮力向前，小舟逆水而上，不斷地被浪潮推回到過去。」

二十歲的夏天，大學一年級暑假。阿敏在ＯＩＣＱ聊天室裡認識了小山，兩個人都是九寸釘樂隊和金屬樂隊的死忠。雖然不清楚小山是怎麼樣的人，我對阿敏卻再熟悉不過。我們中學六年都是同班同學，之後又在同一所大學念兩個專業，畢業旅行和大學報到都是一塊兒去的。就連父母們也因為我倆的緣故成為了經常往來的朋友，考慮搬家時甚至商量了一下，把家裡的房子買到了同一個小區。我的父母非常喜歡阿敏，常常拿她作為我的參照物，她向來給人一種處事穩妥，溫柔謙和的印象，卻不知道那其實是因為她對入流的大部分事物完全不感興趣。比方說她從來不修飾外表，樸素到了放任自流的地步，學業也是馬馬虎虎地糊弄，沒有什麼明確的人生理想，既不想發財，也不想周遊世界。

雖然因為專業是政治學的原因熱衷談論宏觀的玩意，思考問題也非常嚴肅，但絕對不是因為感覺自己背負著什麼了不起的使命。

阿敏和我談論小山，把他們在聊天室的對話複述給我，又和小山談論我（不是自誇，我也是一個蠻有意思的人，只不過堅持的事情和阿敏略有不同）。於是我和小山之間也借此交流著，依靠句子和標點符號構建起對彼此粗略的印象。籠統地來說，小山有一顆少年的心靈——年齡雖然增長，卻無法把一些事情視為理所當然，對約定俗成的東西格外警惕。除此之外，他聰明，好學，瞭解世界的運行規則。

然而，這些特徵無法解釋清楚阿敏對小山的感情。小山對阿敏來說，是一個隕石級別的人。爆炸，燃燒，像一道白光照亮她世界的每個角落。

晚上，阿敏坐在我宿舍的床上和小山打電話，我在旁邊寫作業或者看連續劇。他們為空泛的問題爭論不休，阿敏不時放下電話和我說一會兒，詢問我的意見，再接著和小山講。「九．一一」的那晚，宿舍的走廊裡面人頭攢動，所有的無線電台都打開著。阿敏緊握著電話，我站在她旁邊，聽小山在電話那頭給我們轉述網絡上看到的最新消息。我們感覺震撼，恐懼，力所能及地用極度貧乏的經驗和知識談論著美國夢，國家機器，然而這些詞語如同外部世界一樣過分龐大，我們根本無法觸及它們的邊界。

那段時間，我們三個人的關係大概接近於《挪威的森林》，只是很難將我們和綠子、直子以及渡邊徹一一對應起來。從人物關係上來說，阿敏更像是渡邊徹，我和小山則擔當著直子和綠子的部分，各自占據阿敏人生重要的部分，只是性別是錯亂的，角色也在時刻轉換。就是在那段近乎透明的青春時期，我和他倆之間產生了一種親人般的感情，這種感情又與精神的成長緊密聯結在一起。或許是因為阿敏把小山當成是我的另一個分身，這個分身完整著阿敏另一部分我所不瞭解的靈魂，我竟然也在不知不覺間認同了這一點，感覺小山是宇宙間的另外一個我，並且像理解我自己一樣去理解他。

大學二年級的一天，阿敏問我：「男人是不是都應該想做那件事情？」我當時剛剛交往了第一個男朋友，雖然自然地發生了性關係，但是對男人和性的瞭解卻並沒有比從文學小說和星座書裡讀來的多多少。

「如果男人不想和你上床的話，應該說明他不喜歡你吧？」她繼續問。

「理論上說來是沒錯。但是——」

「小山不肯跟我上床，也只能是因為他不喜歡我吧。」

「唔，也可能是其他什麼原因。身體的緣故啊，奇怪的信仰什麼的。」

「身體完全沒有問題。而且其他事情我們也都做過。接吻還相當不錯，」她不好意思地笑起來，「該有的反應全部都有，有時候還主動要求我幫他用手解決，解決完了以後抱在一起睡覺也很好，但是無論如何他都不肯完成最後一步。」

「他是怎麼說的？」

「沒有理由。固執地堅持，認為他不應該這麼做。但是人得有多大的意志力才能違背身體的願望啊。」

「這樣聽起來不過是一個自私和不肯負責的人。」

「我倒覺得不是這樣的。他這個人，壓根不會去想責任不責任的事情。如果真的想到這個，講不定還會故意忤逆規則去做些什麼呢。」

「不過人堅持一件事情，總是有理由的。」

「大概——是因為他的女朋友。」

「什麼！」

「哦哦。是前女友。小山有一個前女友。」
「和這有什麼關係？」
「小山說如果前女友回來找他，我們的關係就必須立刻結束。不管是什麼時候。」
「他是這樣說的，就這樣直接對你說的？」
「是啊。說的時候好像也完全沒有覺得哪裡有問題。」
「神經病。當然有問題啊。你們是在戀愛吧？」
「戀愛——這個說起來也有點複雜。」
「哪裡複雜？」
「我們沒有那種尋常戀愛的交往模式。比方說我們從來沒有一起在外面吃過飯，更不用提逛街或者看電影這樣的事情了。他沒有帶我見過任何朋友，大概根本沒有和任何朋友提起過我。不過他的解釋是他沒有其他朋友。」
「總得和其他人有一些交往吧？同事也好，同學也好。」
「社會關係的交往是有，但是對他來說那只是為了維持正常生活的運轉而進行的。」

「前女友到底是怎麼回事？」

「說是大學裡的女同學，前幾年就分手了。具體為什麼分手我不太清楚，對方是怎麼樣的人我也不瞭解，小山沒有怎麼說過。他也不是不願意說，而是認定說出來，我也無法理解，所以乾脆不說。他就是那種人啊，非常害怕誤解。」

「呃。」

「唉，我應該怎麼做呢？」

照理聽到這樣混蛋的話應該立刻跳起來罵小山，卻不知怎麼的，我竟然只是跟著阿敏一起，嘆了口氣。

儘管小山說，認識我的時候，我才二十歲，但是我們面對面交談卻已經是九年以後。所以我們共謀著，故意把時間點往前挪，把間接的，書面的，轉述的時間全部都算上。

九年後的夏天，阿敏從美國回來，不是回來過暑假，而是徹底結束了學業。她的論文在最後階段出了問題，沒有能夠拿到博士學位，和她一起碰到問題的還有一位印度裔的女同學。我們都認為她的導師存在明顯的歧視（當時正逢中國留學生的論文抄襲問題成為敏感話題，阿敏的論文有兩處引用沒有標示註解，導師在未通知她修改的情況下，直接將論文提交了評審委員會），阿敏卻堅持說導師是個公正的人，待她也不錯，曾經為她的人生提供過建設性的建議。

因為這件事情的緣故，我和小山通過幾次電話，商討解決方法，然而其實我們所能做的，不過是胡亂地表達憤怒。阿敏的表現卻和我們截然相反，她早早地決定放棄申訴，積極準備著回國事宜，甚至還利用了這段混亂時期，遊覽了西海岸。她的過分平靜稍許惹惱了我們，但無論如何，她回國是這一兩年裡發生的最好的事情。

我們三個在一間居酒屋見面，為阿敏接風。

阿敏和小山早就不是戀人關係了。在他們交往的第二年，小山的前女友回來找他，小山單方面中斷了與阿敏之間的關係。但是在阿敏的堅持和妥協下，他們艱難地維護住了一段友誼。我是一個見證人和半個參與者。這段友誼如同獨立器官般存活，隨著阿敏出國留學，漸漸地與我們各自面對著的世界都變得毫無關聯。它幾次衰竭，卻又因為其中一個人的努力或者一段境遇而繼續了下去，終於變成了一個理所當然的存在。之後阿敏又交往了若干男友，或長或短的關係，都非常自然地終結了。

至於小山的私人生活，我一無所知。

晚飯吃得很愉快，周圍很吵，左右兩桌的人都吃得東倒西歪的，我們也因此胃口大開。咕嘟咕嘟的博多鍋端上來以後，我們像那些久別重逢的朋友一樣，聊起二十歲左右發生的事情。小山堅持說他曾經見過我：「你們畢業那年，有一回坐車經過你們學校，看見你在車站上等公交車，當時就和阿敏講了，因為外貌和她的描述完全符合，但是她說不可能有這種事情，不可能因為聽到一個人的描述就認得出來。現在看到你，覺得沒錯，肯定沒認錯人。」

「別鬧了，這麼久的事情不可能記得那麼清楚。」阿敏打斷了他。

我們哈哈笑著，我也伺機打量著小山。不得不說，之所以見到小山以後的一切感覺都很熨帖，確實得要歸功於阿敏準確的描述，彷彿這個人始終以語言的形式存在於我們中間。他的頭髮很短（阿敏說摸上去很硬，抱在一起會被扎到），大概是自己用電動刨子簡單處理的，不像是那種會費心去理髮店的男人。不瘦，但也並不讓人感覺有贅肉。穿著一件顏色稍有些花哨的格子襯衫，雖然是個ＩＴ男，卻給人一種在意自己年齡的印象。總的來說相貌平平，也看不出什麼突出的性格，因此令人感覺非常親切，是個性格直接的人。自卑也好，偏執也好，自我膨脹也好，這些令人厭煩的特質看起來都和他沒有關係。

這樣不偏不倚的相貌會誤讓人覺得他或許只是個平庸無聊的人，然而一旦他開口說話，卻妙趣橫生。他的幽默感又是天真的，絲毫沒有粗鄙猥瑣的成分，更沒有故意討好。每次服務生過來倒茶，都飛快地瞥他一眼，又捂嘴笑著跑開。

而我們一輪清酒，一輪生啤地交換喝（主要是我和小山，阿敏只喝了一杯摻過梅酒的烏龍茶），不知不覺地也都喝多了。大笑一通之後紛紛陷入暫時的沉默。

「你還記得那會兒我倆一起寫一個博客，叫什麼來著，假開心？」阿敏放下筷子問。

「是啊。Fake Happiness。我是你倆最值得驕傲的讀者，」小山插嘴，「唯一的。」

阿敏還在美國的時候，有一年冬天我們開了這個博客，除了小山沒有其他人知道，也沒有其他讀者。裡面記錄的全是做飯的流水帳。今天阿敏包了韭菜雞蛋餃子，烤了牛油蛋糕，我半夜裡炸了肉丸子，這些細小的事情，都會詳細地寫下來，有的時候還配上圖片。因為寫這個博客的緣故，也更認真地做飯，好像由此而對生活打起了精神來。

「其實我根本不喜歡做飯。」阿敏說。

「欸？」

「那年冬天一直在下大雪，我不會開車，如果男友週末有事不能過來，我就沒法去超市，只能待在家裡用一點點食物做東西填飽肚子。但其實根本不享受這個過程。」

「啊，我一點都沒有發現，在我看來，我還像是受到你的鼓勵。那會兒你教我做燒賣的事情也記得清清楚楚，現在我也還會做。先泡糯米，過夜。然後把糯米煮熟或者蒸熟。切香菇丁和豬肉糜放在一起翻炒，再放點料酒啊醬油啊調味，和糯米攪拌在一起。最後放在燒賣皮子裡捏一捏就好了。過程雖然漫長瑣碎，做的時候卻非常忘我。」

「完全不是這樣的。因為日常生活非常非常的難熬，我又不得不把它應付過去。有一天大雪停課，我記得我一邊和你打電話聊天，一邊在盤點家裡的食物。那會兒冰箱裡只有兩個雞蛋。」

「但是當時——」

「當時肯定沒法清晰地察覺到的，我也是剛剛突然想到的，想起那個冬天。怎麼說呢，就是假開心，沒錯。」

從居酒屋出來，我和小山陪阿敏坐在門口的花壇邊抽了一根菸，然後我們又互相拍了些合影，不知為什麼有種想要留作紀念的衝動。那時天色尚未完全變黑，對我來說，有一些瞬間像是回到了大學時代。可能是因為天氣的緣故，也可能是因為跟前的這兩個人。初夏，空氣裡充滿花香和雨水的氣味。一種青春的幻覺，卻又被無法描述的陰影籠罩。「我說，我們不如換個地方繼續喝酒吧！」小山建議。

結果卻只剩我和小山兩個人轉場繼續去了一間酒吧。雖然是初次見面，但在居酒屋裡已經都喝大了，所以也不覺得有什麼尷尬。我們沒有在酒單上多加停留便各要了一杯威士忌——剛剛從鬧哄哄的居酒屋出來，當然要一杯威士忌。我要了雙份的普通威士忌，兌了水，加了冰塊。小山要了單份的單麥，很快喝完，又要了一杯同樣的。等我喝完，又照著他的點了相同的。幾個回合以後，我們對對方的選擇都非常讚賞。

「你有沒有覺得阿敏發生了什麼變化？」小山這樣問我，當然是已經有了一個預設，希望我能夠認同他的想法。

「為什麼這樣說呢？」我心想，可誰不是在難熬的時光裡變化著呢。

「因為很難和她聊天了?她常常心不在焉，我們也很容易爭吵，感覺彼此間失去了一種朋友間的信任，也就是說，感覺對方是在傷害自己，因此而啓動了防禦機制。我想大概導火線就是畢業論文的事情，我說了很多憤怒的話，但是憤怒對她來說沒有任何意義。她覺得我對她的人生指手畫腳，而且感覺我在輕視和侮辱她。」

「她應該也正在經歷人生中非常痛苦的時期吧。雖然說之前在感情上也碰到過問題，但是在學業或者其他任何方面都沒費過神。」

「大概是吧。不管怎麼說，她在很長一段時間裡是我最好的朋友。」

「她嘛，總是說她的人生被你毀了。當然這是一種褒義的說法。」

「這樣啊。」

「也說不準到人生的某個點上你們又會在一起的。」

「不會的，」小山堅定地說，似乎認真地思索了下，「但是現在啊，再也沒有人能和我聊搖滾樂了。」

「欸？」

「以前阿敏是唯一一個會和我聊搖滾樂的人。」

我雖然也和阿敏一起聽了不少搖滾樂，車裡始終擺著幾張老掉牙的搖滾唱片，前些年還在北京看了九寸釘樂隊的現場演出，卻對搖滾樂說不上有多少瞭解。有時會有強烈的身體性傷感，或者一瞬而逝的心靈的震動，但說到底，完全無法瞭解在大學時代的無數個漫漫長夜，阿敏和小山聊著的搖滾到底是什麼，也因此其實無法瞭解他們之間的感情。儘管很想問問，關於搖滾樂，你們都在聊些什麼呢？但想來想去，還是沒能問出口。

於是我們喝到這間酒吧打烊，又換了一間。

第二天傍晚我和小山繼續約在一間粥店見面。我們的臉色都非常糟糕，即便是白粥上漂著的一點油花都讓我感覺噁心，周圍人的講話聲則如同打雷。小山也比我好不到哪裡去，我們勉強吞下兩口粥，嚼了碟子裡的幾顆鹽煮毛豆，便落荒而逃。

在陪我走去地鐵站的路上，小山堅持在便利店裡買了一罐啤酒。

「還魂酒。」他咕咚咕咚喝起來，然後把剩下的一半遞給我，「你也應該喝點，這樣會感覺舒服些。」

「我再也不要喝酒了。」我咬緊牙關。

「這樣的話我說過幾百遍，轉頭就忘記了。」

「我現在痛苦得要命，絕對不會忘記。」

「真高興啊，沒想到和你喝酒是一件很高興的事情，我們認識了那麼久竟然從來沒有喝過酒，感覺浪費了很多年。連你都已經快三十歲啦，我認識你的時候，你才只有二十歲。我就更加老了，快要變成奇怪的大叔了，」儘管面如菜色，但小山看起來卻很有興致，「你是什麼時候開始喝酒的啊？」

「唔——」

誰會記得這種事情。父母雖然也都能喝一點，但是僅限於偶爾晚飯時兩個人一塊兒喝一罐啤酒，家庭遺傳什麼的完全說不上。第一次喝酒應該是工作以後的事情，酒量肯定不算好，喝起酒來卻有一種毫不含糊的氣勢，而且酒品很好，從來沒有因為喝醉而給人添過麻煩（我也很頭痛那些動不動就把自己灌倒在桌上的人），所以朋友們喝酒都喜歡叫上我。

正這樣想著，我們經過了第二個便利店，小山自然又跑進去買了一罐相同的啤酒，噗一聲打開。我念大學的時候，交過一個愛喝酒的男友，當時是位樂手（後來竟然進了投資銀行），很喜歡在便利店裡買瓶裝的啤酒，還有用牙齒撬開瓶蓋的絕技。我們常常夜晚在學校附近溜達，他必然是一手拉著我，一手握著啤酒，作為一個少年，他大概是迫切地想要用這種方式成為一個瀟灑的成年人。我想起這些，是因為眼前的小山卻是一個徹徹底底的成年人，不管是他的穿著，還有他拿著易拉罐的方式都稱不上是瀟灑。

「今天晚上本來要去相親的唉。」小山突然說。

「啊？」我嚇了一跳。

「家裡有一個怪討厭的親戚，不知道為什麼認識一大把單身女青年，隔三差五地打電話給我媽媽。所以常常會需要出門去見陌生女人。」

「你沒有反抗嗎？」

「為什麼要反抗啊？我自己也會上相親網站的，還在上面費了不少時間呢。」

「什麼！」

「我是個非常典型的ＩＴ男啊，再說晚上總要吃飯的，和另外一個人吃頓飯好像也不是什麼很為難的事情。不過至今為止還沒遇見合適的人。哦，有一個人倒是成了公司的客戶。」

「對於結婚這件事情你到底是怎麼看待的？」

「『有朝一日，沉湎於感官，歡娛和自我的生活多半會變得枯槁，消逝，然而在這之前還有充裕的行樂時間。』前幾天看的一個傻逼電影裡是這樣說的，竟然有點道理。我是非常喜歡現在的生活的，一種徹底的自由。說起結婚，其實一點也都不想，根本沒法想像和另外一個人共享生活空間。但為什麼還要這樣做呢，因為我是ＩＴ男啊，我喜歡可以運行的規則。」

說到這兒，我們走到地鐵站了，小山的手裡握著今天路上的第三罐啤酒。

「今天的天氣太悶熱啦。」他笑嘻嘻地說。

「你實在是喝得太多了。」我告訴他。

「我知道啊。」他還是笑嘻嘻的。

接下來的大半年，不知不覺地，我和小山喝了很多次酒。阿敏也參加過一兩次，但是她堅持認為自己沒有微不足道又無處安放的情緒，而且她對失控這件事情非常戒備，認為喝酒是一種無意義的純粹消耗。一旦抱定這種想法，便也很難向她解釋清楚，喝酒對於我們來說（至少對於我）和情緒並沒有多大關係。借酒消愁這回事，確實也曾經發生過，但是經歷過幾次嚴重的宿醉以後早就已經不那麼幹了。反而是在高興或者放鬆的時候更想喝酒，而喝酒多半也是為了在自由自在的狀態裡多停留一會兒。沒有什麼我不喜歡喝的酒，前幾年覺得黃酒難喝，現在卻也迷上了紹興咸亨酒家裡賣的酒。唯一不主動喝的大概就是燒酒了，不過偶爾免在其他飲料裡也可以接受。

後來，不僅和小山兩個人喝酒，與朋友的酒局也會叫上他。當他不再以郵件、聊天記錄和轉述的形象出現時，竟然是一個熱情洋溢的人。我不知道這種印象的變化是由於實體和語言的轉換造成的，還是由於他被安放於外部世界的自我經歷了我們所不知道的種種。自那次見面以後，我們三個人之間的交流就被固化了，正逢 MSN 宣告停止服務，我們也順勢不再以文字這樣非實體的方式溝通。

沒有人不喜歡小山。他有趣，利落，喝起酒來節奏感也好得很。有一回我們在卡拉ＯＫ，一次毫無意義的聚會。小山來的時候拖著一只拉桿箱，裡面裝著金酒、朗姆、伏特加，剩下的空間裡塞滿了罐裝啤酒，打開以後把所有人都嚇了一跳。

直到現在，我們都還在談論這場酒，因為都喝大了，又哭又笑，像是我們年輕的友情的巔峰。彷彿剩下的人生，都不可能再喝到那麼大。我們在小山的指揮下，兩輪伏特加的 shot 過後，緊接著幾輪兌過蘇打水的金酒和朗姆，然後才打開啤酒慢慢喝。不斷有人跑出去吐，也不斷有人跑出去買回來新的啤酒。

最後我和小山走在清晨的馬路上，疲憊萬分，感覺既快樂，又恐懼。

我們就這樣，每週喝一次酒，直到第二年，小山的身體出了問題。

小山的股骨頭有一部分壞死，醫生診斷慢性酒精中毒。治療的辦法是從膝蓋上截下另一塊細的軟骨，放到股骨頭裡面作為救援。右腿先開刀，休息一段時間以後，再開左腿。

「那膝蓋那邊被截掉的骨頭怎麼辦？」

「空在那裡好了。會有神經長出來，所以沒有大礙，」他在電話裡保持著輕描淡寫的積極，「不過大概要重新思考一下喝酒的問題。」

「怎麼會這樣啊？」

「就跟河流是一個道理。清澈的河水流得輕快，污濁的河水則容易淤積。過度酒精讓血液變得黏稠，股骨頭附近細小的血管就被堵住了。導致骨頭最後塌方。」他耐心地向我解釋，然後關照說，「先不要告訴阿敏。」

「欸？」

「覺得怪不好意思的。畢竟我一直給人樂觀和有紀律感的印象。」

阿敏並沒有這樣想過吧，我私下琢磨。但是他這樣說也沒錯。我見過不少飲酒過量的人（有可能是什麼奇怪的性格吸引，總之我很容易遇見消沉的人，或者缺乏理性思維的人，還交往過患有抑鬱症的男友），但是小山無論怎麼看都不像會有酗酒問題。這個人群擁有可以歸納的特徵——像是自卑或者由此而導致的極度驕傲，愛說喪氣話，暴躁，爭強好勝以及偏執。我早說過，這些和小山毫無關聯，從他身上，甚至無法明確地觀察到幽暗的棲所。

況且我從沒真正見他喝醉過，嘔吐，斷片，喪失行動力，這些全都沒有發生過。哪怕喝大了，也不會抱怨，或者說起什麼傷心的事。而且他經濟寬裕，事業看起來勢頭十足，也沒有提起過任何一位女性。儘管對他的日常生活一無所知，卻不知為什麼可以確定，他完全沒有在談戀愛。倒是我和阿敏各有各的問題。阿敏在和一個討厭的傢伙談著以結婚為目的的戀愛，我雖然沒有在談戀愛，卻不時和這個或者那個人上床，惹了不少煩心事。

要喝多少酒才能把骨頭喝到崩壞，這件事情發生在小山身上，真是怎樣都無法理解。

只有在極其偶爾的情況下，能夠感覺到他性格中的一些縫隙，但是人人都有這樣的縫隙，沒什麼大不了。確實有幾次，在喝大了以後，我能聽見性格的板塊彼此碰撞著，縫隙裡發出細微的聲響。不過我也無從辨認，那是來自於我自己，還是來自於小山。

唉，再這樣想下去，幾乎要氣惱起來。

小山右腿動手術前的一週，我們講好出來走走，正好也是星期五，是我三十一歲生日。我提議說不如就吃頓飯吧，或者做點其他什麼，不要再喝酒了。

但是這樣提議以後，卻始終想不出什麼值得一去的地方。

「沒事的，反正馬上就要換上新的骨頭了，現在的情況已經不會更糟糕了。」小山說得倒也挺有道理，於是我們在路上走了一會兒，又走進了那間賣芝士煮毛豆的酒吧。先喝了兩杯調得濃濃的內格羅尼，接著點了大份烤肉和松露薯條，心裡也已經盤算好了之後要喝些什麼酒。

「手術是要全身麻醉的唉。」小山一邊痛快地大吃，一邊和我說起具體細節，膝蓋那裡的骨頭如何拆下來，髖關節又要怎麼處理。據說已經把之後三個月要用到的雙拐和助步器都準備好了。嘴裡嚼著烤肉噴香的油脂聽他講這些，真是有點奇怪。

「需要幫忙的話，要記得告訴我和阿敏。」

「你怎麼也說起這樣的話來。有一回我和阿敏說起我倆喝酒的事情，知道她是怎麼說的嗎——『那是因為你倆都是自私冷漠的混蛋。』」他模仿著阿敏的口氣，接著樂不可支地笑起來。

「什麼啊。」

「和醫生討論完手術方案，我回到家裡，打算把所有酒都收起來，確實是下了決心。但結果卻照例喝掉了小半瓶山崎，完全喝翻啦。一邊喝一邊思索著，為什麼要喝酒。因為喝酒本身真的是一件愉快的事情啊。你也是這樣想的吧？」

「可是——」

「有時候會遇見這樣的人。他們喝酒，是希望能在酒精的作用下更好地傾訴。傾訴原本就是可怕的玩意兒，他們無端把自己的苦惱放大，既絮叨，又不懂禮貌，討厭得很。」

「是啊。喝酒就是喝酒，是不摻雜任何其他願望的。」

「但可能是因為喝了太多酒，便會把這種想法貫穿到整個人生裡，我想，阿敏說的其實是這個意思吧。在我們看來瀟灑和專注的事情，在旁人看來就變成了冷漠，甚至是自私的，會造成傷害的行為。」

儘管其實並不知道小山確切是在講什麼，但我還是點了點頭。我突然想要一杯雙份威士忌，小山卻建議我還是換成啤酒吧，現在喝威士忌還為時過早。於是我要了一杯波本威士忌做底的雞尾酒，小山要了加冰塊的龍舌蘭，然後我們一人點了一盤芝士毛豆。推門進來的客人濕漉漉的，身上帶著雨水的氣味，外面不知從什麼時候下起了大雨。我們悶頭喝了一會兒，周圍的桌子漸漸全都坐滿了。

「你會有那種感覺嗎，好景不常在。」小山繼續說。

「常常這樣想。」

「正是這樣，所以希望維持住現在的樣子。就拿此刻來講，坐在這兒喝酒多好，不用想著手術的事情，過了今晚以後或許就再也不會暢快地喝酒了。再往長遠點說，希望你們都不要結婚就好了。但大家總是漸漸變得嚴肅起來，不再傻樂，傻喝，傻玩。」

「你從來沒有打算過結婚的事情嗎？」

「一想到現在的生活可能會因為婚姻的介入而被打亂，就變得很緊張。如果結婚的話，就沒法在每個星期五晚上跑出來和你喝酒啦。這樣的事情或許也會被理解，但是需要去解釋。手術的事情不想告訴阿敏，也是類似的原因。總之不能忍受秩序被打亂。」

這會兒我們認識的酒保過來打招呼，送來兩個伏特加 shot，於是三個人一塊兒痛快地乾了杯。又要了兩輪酒以後，終於覺得差不多可以喝威士忌了。因為想要多待一會兒，慢慢喝，所以不約而同地要了比較便宜的白州。

「已經想不起來第一次和你喝酒是什麼時候啦。」我說。

「唔，」小山掏出手機玩了一會兒，我吃完了盤子裡的毛豆，然後他說，「去年的七月三十一日。」

「這麼確切的日期是怎麼說出來的？」

「我是ＩＴ男啊，ＩＴ男從來不刪除東西，所謂的刪除就是給系統做個標記。你問我，我只要打開電腦看一下就好了，因為那天用手機拍了照片。」

「所有的記錄都在？」

「嗯。不僅是數據的記錄，還有各種大件物品的購買發票，所有手續的存單，租房合同，第一份工資單。基本就是我來上海的前十年裡最值得保留的東西。」

「這種東西都留著幹嘛？」

「我想想，這些都是絕望的實體見證。」

我們從酒吧出來，天空中滾動著春雷，雨下得非常大，但是一點都不冷。我們在路燈底下走出幾步，被從酒吧裡奔出來的酒保喚住。他手裡握著酒瓶，還有三個小杯子。

於是我們停住腳步，跺著腳，乾掉了今晚最後一杯酒。One shot！

此刻，我騎著自行車去醫院裡看望做完手術的小山，沿著城市靠河的西南岸，哼著歌，一路新月相伴。我有一種使命感，今晚除了探望小山，其他沒有什麼事情值得去做。小山事先發給我醫院的地址，病床號碼。除此之外還發給我一個鏈接。我在家裡打開了，竟然是他在相親網站的主頁。頁面上的照片是在他家裡拍的，應該是找了一個最整潔的角落，他站在一排書架跟前，穿著淺色的襯衫，雙手背在身後，顯得親切隨和。個人簡介裡寫著，「那種熱咖啡都能一飲而盡的男子」。

想到這兒，我奮力踏著腳踏板，差點兒笑出聲來。哈哈哈哈哈。

二〇一五年四月

你是浪子，别泊岸

在我還沒見過小元之前，便聽說了她許多事情，那是很多年前，七年，八年。那會兒，我們的朋友大雄沉浸在對她單方面的熱戀中，在多次集體大醉的排檔上，他說起小元，甚至為她寫了一本書。這本書在前年無聲無息地出版了，我沒有買，我想其他人應該也是。一方面是因為他才華的有限性顯而易見，另一方面，二十七歲新年過後我便去了北京，漸漸和他們所有人斷了聯絡，他們彼此之間應該也是。隨著時間的推移，我們沒有如期望中那樣，成為什麼真正出色的人。大部分人遵循規矩，混得不錯，卻與出色絕對不沾邊。但是我們並不愚蠢，紛紛接受了自己作為平庸小人物的存在，沒有苟延殘喘，也沒有滯留在任何灰色地帶。大雄是個典型人物，當他把有限的才華投入真人秀劇本的撰寫時，賺到很多錢。

我一度懷疑小元是被杜撰出來的，因為她被描述得像個夢。或者說，更像是一個理想，一個不管是誰都想要成為的人。那會兒她十七歲，高中時作為交換生去了法國和西班牙，熟練通曉英文和法文，能用西班牙語做日常對話。她的語言天賦有賴於超群的智力和記憶力，因此只要她願意，她幾乎可以在任何有望改變人類現狀的領域有所建樹，但是她偏愛文學，試圖與普通人一樣從文字中獲得意義。高中畢業以後她回國念中文系。完全是一種浪費，天賦異稟的人卻最不把才華當回事。這給了大雄不切實際的希望。那段時間他頻繁往返於杭州和上海，包裡裝著波赫士的小說和卡瓦菲斯的詩集。我敢說，不管是他還是小元，對於這兩個人都從未產生過真正的興趣。

但是小元在一個學期後便退學了。大雄認為她是出於對規則的挑釁以及少年心氣，但當我認識小元以後，便覺得這樣的決定多半是出於對整部人生過早的洞察，接下來她對外部世界的拋棄也變得更加直接。

之後大雄提起過她兩次，一次說她去非洲參加了一個人道主義援助項目，一次說她在大西洋的船上採集標本，三個月後上岸。很難說這裡面是否有杜撰的成分，他對她的描述一定有主觀臆斷，然而小元的經歷又在大雄以及我們所有人的經驗之外，他不可能憑空捏造出一個非洲人道主義項目，我懷疑他對非洲的全部認識來自於海明威描寫的吉力馬札羅山。所以他應該只是省略了一些部分。為什麼她可以那麼瀟灑。實際點來說，她是如何賺錢的，如何解決生計問題。畢竟她還是個孩子，為什麼她竟然可以隨意地在世界版圖上移動（而我們卻都被困在這裡）。

直到他們分手，我們才終於感覺鬆了口氣，世界的齒輪彷彿終於卡對了地方，不會再發出刺耳的聲響。

「她啊，真是一個流浪兒。」我們勸慰他。

「為什麼這麼說？」

「因為她就是那種人，浪子。你比我們更明白。」

「你們怎麼會這麼想。」他幾乎倒退了一步，露出非常吃驚的表情，繼而是冷冷的嫌惡。

大雄最後一次找我，我已經在北京住了兩年。他在電話裡說小元申請了美國的學校，要從武漢到北京來辦簽證，想要找個落腳的地方。幾天，最多一個星期就夠了。問題在於，那段時間我的狀況非常不好，租住的房間很小，三十平米的一間被房東用一排櫃子隔出客廳來。窗戶底下便是垃圾場，終日無法開窗。四周偏僻，荒涼。而且我正在交往一個男朋友，為了維持這段事後想起糟糕透頂的關係，我幾乎每晚都去他家過夜，完全沒有意識到我們的關係瀕臨結束，無可挽救。但是我除了一張靠牆的小床外，確實還多出一張沙發。

不管怎麼說，一個星期以後我便見到了小元。

她非常瘦小，戴著一副眼鏡，背著容積很大的登山包，風塵僕僕。像是花費了很多時間，從很遠的地方來。她給人的印象非常模糊，不美，甚至有些過分平常，沒有任何可被留意的特徵。時間已經很晚了，她比說好的時間晚到兩個小時，雖然沒有解釋，但是很禮貌地道歉，接著從包裡掏出一顆快要熟透了的木瓜遞給我，外面包著一張舊報紙。

「剛剛在樓下看到有人推著板車在賣，只要十塊錢，」她幾乎快樂地說，「姊姊。」

她的話輕鬆打破了初次見面尷尬的寒暄，接著我告訴她網路密碼，教她如何使用熱水器，給了她一把備用鑰匙。我並不打算留下來與她一起過夜（兩年的獨居令我一時無法適應近距離的陪伴），便把床留給了她。等我從櫃子裡拿出一套床單來，轉身的工夫，她已經迅速在房間裡找到一個角落，打開登山包，井井有條地擺好了自己的東西，像在荒蠻的野地裡紮起一頂小小的帳篷，再點亮一盞淺淺的燈。

後來，當我偶爾不自覺想念起小元時，才意識到她身上有種天生的消除距離感的氣息，但那並不意味著親密。她的存在感很微弱，像是寒冬到來前森林裡的小鳥和松鼠，為了保存體力歇息著活下去，只在積雪上留下一點點痕跡。

第二天早晨我回到家裡時，多打包了一份外賣，但是她不在家。我在茶几上做了一會兒案頭工作，時間過得很快，傍晚時分我在床上和衣睡了一會兒，因為記掛著她什麼時候回來，睡得很淺。翻身時感到枕頭底下壓著什麼，是小元帶在身邊的書，於是乾脆翻到她摺角的那一頁，讀了一會兒，很快天就暗了，到了差不多要出門開會的時候——那段時間接了一個展會的工作，時間過得顛三倒四。臨走的時候我把她前一天送我的木瓜切開。吃完一半，剩下的一半連同外賣一起放在冰箱裡。後來隔天再次回家取東西時，打開冰箱，發現木瓜吃完了，而飯盒裡的食物被攔腰截斷，飯和菜各自被整整齊齊地吃掉一半，剩下的像是特意為我留著。

接下來的幾天，我們都沒有遇見。白天她在外面辦事，我則連續幾天住在男友家裡。我原本以為她會在這兒待三天或者四天，但是她始終沒有提起什麼時候離開。

到了週末，小元發消息問我說晚上是否在家裡吃飯，因為她收到一張外賣單。是附近新開的一間小飯館，她很想試試沸騰魚，但是擔心分量很大，一個人無法吃完。

「姊姊你能吃辣嗎？突然特別想吃辣。」

我覺得一起吃飯的請求無法推卻，不過應該請她吃頓好的，但她堅持只想待在家裡吃沸騰魚，配一大碗白飯。而且她對這個願望有種熱乎的執念，讓人不忍心拒絕。

結果外賣送來的時候，真的是非常大份的魚，裝在一隻比臉盆還大的瓷碗裡直接端了過來。我在家裡找了半天可以盛放的器皿，就連最大的炒菜鍋都裝不下，只好把整個瓷碗都收下。這樣折騰了一番，送外賣的中年人站在樓道裡尷尬地說：「哎呀，忘記帶米飯了！」以往碰到這種情況我一定算了，為了一塊錢的米飯讓別人再跑一次在我看來完全是不講道理，但是站在身邊的小元卻認真地解釋起來。

「真的不行啊，不能將就，沸騰魚一定要配上白米飯。」我們三個人在樓道裡站了一會兒，感應燈亮了一次又暗了一次。小元認真起來便有些委屈，我正在思忖該如何應對僵持的氣氛，中年人卻突然轉身消失在樓道裡，熱忱地大聲招呼：「你們先吃起來，米飯十分鐘以後就送到，十分鐘。」

小元吃了兩碗米飯，我吃了一碗，最後她耐心地把花椒粒挑了出來，吃完了浸在紅油裡的豆芽菜。

接著我們談論起各自的生活，主要是我在發問（因為我的生活看起來平庸且一目了然）。但她並非不善交談，也沒有給人談話無以為繼的尷尬感，相反，她的經歷奇特，表達方式有趣、準確，我不知不覺被她吸引，問題不斷往外冒。她確實去過非洲，也見過吉力馬札羅山，那不是一個人道救援項目，她在奈洛比的中學裡為當地小孩上代數課。她用輕盈的口吻敘述，像遊戲機裡的小人般在各塊大陸間跳躍，輕巧地避開任何涉及孤獨或者迷惘的拐點。她對細枝末節毫無興趣，也不像普通女孩那樣熱衷談論戀愛。她對世界也好，人生也好，或者具體的人也好，都抱有一種寬容而籠統的認知。

她說起一些故事，卻很少提及故事的發生地，主人公也面目模糊。她對於自己的經歷既不誇耀，也不遮蔽。語焉不詳是因為她對其他的大部分細節根本不感興趣，也或許，她對龐雜世界過分銳利的觀察反而蒙蔽了她的眼睛。她說不定正在經歷旁人無法理解的迷失和掙扎呢。

我思忖著她來自於什麼樣的家庭，絕非富裕優越。我認識一些那樣的女孩，聰明些的，中學時便是耀眼的明星，早早學會在肆無忌憚和小心翼翼間仔細拿捏分寸，唯恐傷及旁人的自尊心。可是小元對自己的獨特性沒有知覺，卻有著對貧窮和困頓的體察，不是同情或者憐憫，而是出於體察而產生的思考。這使得她的性格中懷有感恩和分享的基調。

這樣一來，我就更加不好意思談論自己的生活，彷彿一旦提及，我們的談話就會終止。我的生活與其說是乏善可陳，不如說是因為過分具象而顯得沉重，它在小元跟前喪失輕盈，只會像秤砣一樣把原本低空飛行著的我們拽回到——拽回到我的房間。

「其實我之前見過你一次。」小元突然說。

「欸？」

「有一回新年我去上海，大雄和我約在一個咖啡館見面，我去找他，你們都在，很大一群熱熱鬧鬧的人。也有你。但是我不好意思來和你們打招呼。」

「為什麼不好意思？那都是些和氣的人。」

「我明白。但是你們看起來很快樂，開懷暢談，不是我能夠加入的。」

「怎麼會呢？」

「朋友是什麼呢，我也不太懂。我總是剛剛熟悉了一個地方就不得不走了，一輩子都在做轉校生。」

「你覺得大雄是什麼樣的人？」其實我更想問的是，你覺得我們是怎麼樣的人。

「值得信賴的人。他對他人的事情都能做出冷靜的判斷，也常常能提供很好的建議，卻把自己的人生搗成泥潭。」

但是小元你不正是那個泥潭的始作俑者嗎？——不知道是什麼力量牽制住我，無法說出任何會拉近我們距離的話。但是我們挨著沙發床，坐得很近，膝蓋碰到一起，還喝了一點黃酒。

「什麼是泥潭啊？」

「他總是高估善良的意義。他以善良作為準則在生活。」

「不是挺好嗎，大部分人都不再把善良當回事了。」

「你呢，你不覺得善良都有些假惺惺嗎？說到底人都是自私的啊，怎麼能夠以此為準則生活呢。」

「就沒有例外嗎?」

「姊姊,你看過霍桑的小說嗎?霍桑有一個小說叫《韋克菲爾德》,講的是一個男人突然離家出走,很多年,大概二十年。沒有任何的原因,甚至都很難說是出於惡意。然後他在家附近租了一間屋子,自己獨自住著。小說裡沒有提及他的生活狀況,所以不知道他這二十年到底在做什麼。直到有一天,他回到了自己的家。」

「然後呢?」

「這不是最重要的,我是說那個結局並不重要。你得看看才知道。這個小說我看過太多遍了,但是總有不確定的地方,像是那些句子會在記憶裡發生變化。比如他離家出走前,曾經回頭看了妻子一眼,作者通過他妻子的視角描寫了他的表情。但是那個表情在我的記憶中不斷發生變化,確實有一種自私的邪惡的基調,但是除此之外,又有一些其他東西,有的時候我覺得那是對世界的放棄,有的時候我覺得那是被放棄而已。就像作者在結尾說的,每個人都在世界有一個位置,個體和整體之間也被協調得十分微妙和妥帖,以至於個體離開自己的位置片刻,就有永遠失去位置的危險。所以最後作者給這些人起了一個名字——宇宙的棄兒。」

「你是說他和大雄有相似的地方？」

「不，不。當然不是。只是我們剛剛談起了善良。」她突然沉默起來。

這天晚上我睡在沙發上，小元睡在床上，我們之間隔著一面櫃子。凌晨我被她睡夢中的嗚咽聲驚醒，並不太確定那是否是哭泣，也不知道應不應該喚醒她，儘管如此，依然覺得黑暗中的小元，哪怕身處噩夢，也有微弱的光暈持久地浮動在她周圍。

接下來的兩三天我們相處的時間多了一些。我們坐公交車去雍和宮轉了一圈，回來的時候去逛了書店，吃了一頓涮羊肉。她帶著我去另外兩個朋友家裡，我們喝了不少酒，玩了一種有趣的紙牌遊戲。甚至有一天早晨我們一起去逛了樓下的菜市場。然後我看著小元把剁碎的香菇、牛肉、豆腐干炒香，倒入一罐豆瓣醬，加水，慢慢用小火熬出一大鍋醬來。接著她耐心很好地切了黃瓜絲，炒了雞蛋，下了麵條。我在麵條裡舀了一大勺醬，她笑著說這種醬很鹹，北方人吃麵條的時候只舀小小一勺，這樣一大鍋可以存著吃很久。

「到底可以吃多久呢？」

「一個月，兩個月，」她笑嘻嘻地說，「然後我再過來給你做。」

第二天白天我出門辦事，收到小元發來的消息。她說她突然遇到意外狀況，或許得要趕緊離開了。我詫異地問等不到我回家嗎。她禮貌地表示非常非常抱歉。又過了一個小時，她問我備用鑰匙應該放在什麼地方，我告訴她放在門口的電表箱裡就行。等我再給她發去消息的時候，她便沒有再回覆。可能正忙著趕往火車站、機場，或者其他某個地方。我不由替她開脫。

回家時已經是晚上。我從電表箱裡取了鑰匙，感應燈不知道什麼時候壞了，黑壓壓的，我伸手摸了好一會兒。

打開房門以後，家裡被恢復成之前的樣子，沙發床收了起來，床單拆下來洗過，平平整整地攤在晾衣架上。我陸陸續續在房間裡發現一些小元留下的痕跡。洗臉台上的一小塊印度肥皂，床和牆壁縫隙裡的一本書，一盒剩下兩三根的薄荷味香菸。儘管如此，卻感覺有種無以描述的東西，已經把小元的痕跡確鑿地抹去了。

之後我幾乎沒有再和小元聯絡過，但是偶爾會從臉書上看到她的一些消息，直到臉書被封鎖。

有一年夏天她在倫敦實習，我正好有一個出差的機會，便約好了要在那裡見一面。她回消息的時候非常歡喜，並且告訴我說她正在交往一個男朋友。「我和他說起你，他問我你是一個什麼樣的人，我告訴他說小姊姊是一顆糖。」我不知道這是否真的是我給她留下的印象，接著她又告訴我，她非常期待能夠見到我，她很想念和我一起度過的那段時間，並且提議說如果我願意的話，可以住在她的家裡。「我可以帶你到處走走，而且我的男友做得一手好菜。他從沒見過我從國內來的朋友，他覺得我沒有家人，是個孤兒。」

臨出發的一週前，我的行程被推遲了，等我再次聯絡小元時，她已經離開倫敦，回到了紐約。她並沒有在郵件裡表示遺憾，倒是詳細向我描述了一個在跳蚤市場旁邊的炸魚店，說那裡的炸魚是世界上最好吃的。由於沒有詳細地址，她在郵件裡細心地附了一張手繪的地圖和一張她的照片。照片裡的她站在一棟房子門口，穿著一件寬大的黃色T恤，光著兩條腿，更瘦了，皮膚曬成棕色。她笑嘻嘻地踮著腳，從門裡探出身體，像是正在和拍照的人說著什麼高興的事情。

後來我倒是真的按照她的指示去了跳蚤市場，沿著輕軌走了一段路，沒有找到炸魚店，也沒有買到任何東西。

接下來的很長一段時間，至少有兩年，我絲毫沒有小元的消息。兩年前我搬回了上海，告訴關心我的朋友說，我厭倦了北方的天氣，以及沒完沒了的飯局。然而實際上，我只是對自己心灰意冷。所追求的東西全部沒有實現。挫敗、無聊和孤獨徹底擊潰了我。回到上海以後，事情當然也沒有變好，甚至談不上有任何起色。不過從根本上來說，我已經做出了妥協，日子便也不至於過分難熬。

有一天我收到小元寫來的郵件，說她回到北京，在法國大使館找到一份工作，想要見見我。我告訴她我已經離開了。接著我們來來回回通了一些郵件，大多在討論租房的事情。她對我當年租住的房子念念不忘，問我那間賣沸騰魚的小飯館還在不在。但是房租已經翻了個倍，而且我離開時，旁邊開始挖地鐵，據說會持續幾年。於是她自己又在東四那邊看了幾處四合院，詢問我的意見。

儘管北京已經不復幾年前的美，冬季霧霾帶來的絕望感非常強烈，但是她說她很慶幸能夠在極夜到來前離開歐洲。

等我們再次見面，已經是夏天了，這大概是她成年以後在國內停留最長的一段時間。小元來上海出差，只待兩天。雖然大部分時間她都必須工作，但還是找到兩個小時的空檔來。

「姊姊，有件事情想和你聊聊。」之前收到她這樣的消息。

我們約在她酒店旁邊的商場見面。我出門的時候，天氣還是晴好，半途下起雨來，我為了躲雨在地道裡耽誤了很多時間，到商場的時候她已經在二樓找了間啤酒屋坐下，點好了兩杯生啤。儘管是下午，啤酒屋裡卻有不少人，兩個中年人占據了撞球台。我們坐在露天雨篷底下，天色就和室內的燈光一樣昏暗。

這是我最近一次見她。對我來說時間已經過去很久，而小元依然只有二十四歲，長生不老。她自然發生了些變化，但是她從來沒有從相貌上給人留下強烈印象，與其說她不事打扮，不如說她故意做了些什麼，像是在雪地上行走的小鳥，只在世界的林子裡留下淺淺的腳印，為的是讓人更迅速地將她遺忘。如果不是因為多年來的鋪墊，現在我多半覺得這個坐在跟前的女孩過分沉默，毫無特徵，是個任由他人支配的人。

我們接著說起房子的事情。小元現在和一個朋友一起租住在東四的胡同裡，從四合院裡隔出來的一間，帶院子。她形容給我聽，廁所竟然是蹲坑的，但是獨用，打掃得很乾淨。院子裡有棵香椿樹，發芽的時候可以直接用竹竿去夠。

「真抱歉呀。」她卻突然說。

「怎麼了。」

「以前一直羨慕別人有穩妥的家，可以駐足的地方。也羨慕你，哪怕是在北京有那麼一間小小的房子，可以長久地住下去。」

「現在呢？」

「現在居然被美好寧靜的生活折磨得疲憊不堪。」

「怎麼會有這樣的想法，而且，哪裡有什麼美好寧靜的生活呢。」

「唔。」

我思忖著她想要找我聊些什麼呢。不管是什麼，此刻沉默變得那麼清晰，成為需要解決的問題。我才意識到她想要說些什麼，傾訴，正是傾訴讓她變得局促。她的身上發生了什麼重大的事情，一種必須通過傾訴才能解決的困境。

這對她來說無疑是一個新難題。她還在猶豫，而我突然緊張起來，這次或許能跟著她淺淺的腳印，回到她棲居的山洞裡看看。有了這樣的念頭，我屏住了呼吸，連思索都變得輕輕的。

「是想和你聊聊，但因為不是什麼大事，反而有點不好意思起來，」她隔了一會兒說，「上個星期呀，我見到了爸爸。」

「爸爸？」

「是啊。爸爸。我沒有告訴過你嗎？三歲的時候，爸爸便和媽媽離婚了，所以我是跟著媽媽長大的。」

「好像是聽你說起過。但是——」

「就是這樣一件小事。不過你大概還是會想要聽下去，因為爸爸是一個非常奇怪的人。我算是遇見過特別多的怪人了，但是爸爸依然是他們中間最怪的一個。」她說著掏出手機來，手指在屏幕上飛快地滑動，翻到一條短消息，小聲地念了起來：「『小元您好。本週我到北京出差，想於今晚六點拜訪您，不知您是否能撥冗見面。志明。』哈哈哈哈，就是這樣一個怪人啊，根本不會使用敬語，卻還要這樣亂說一通，要不是因為他署了名，我差點以為是騙錢的傢伙。」

「你沒有存你爸的手機號碼？」

「沒有。三歲以後，我只見過他三次啊！這是我第三次見他。」

「什麼！」

「所以才說他是非常奇怪的人。他在我三歲的時候就離家出走了。但是他倒不是那種別人描述的浪子。如果你見過他就會明白。沒有任何嗜好，始終過著按部就班的人生，連相貌也平淡無奇。要說有什麼特徵的話，那大概就是聰明。對一般人來說，聰明不是一種顯而易見的東西，但是就連我媽媽在說起他的時候，都忍不住讚嘆他是個少見的聰明人。所以這整件事情要細究起來的話，沒有絲毫背叛和欺騙的成分，他可能是一個混蛋，但絕沒有要浪跡天涯的野心。恰恰相反，他對人間毫無留戀，卻出於一種嚴肅的責任心，認真地生存著。」

「爸爸是做什麼的？」

「地質學家。我小學二三年級那段時間，媽媽去外地做生意了，我住在奶奶家，睡他的房間。他的房間一直保持著他走之前的樣子，床架上擺著他從各地帶回來的石頭，積著很厚的灰。我非常小心，從來不去動它們。在我的心中，這些石頭和他的模樣聯繫在一起。穩固到試圖消失。他離家以後就待在地質隊，再也沒有回來過。不是僅僅沒有回到我們家，就連自己父母的家也沒有回過。但他絕對不是文學作品裡獻身工作的人，他怎麼會對那些事情感興趣呢，只是工作維持著他日常生活的運轉，也給他一個容身之所。」

「所以他無法忍受的到底是什麼？」

「這是一個我從小到大都在思索的問題。起初是疑惑，試圖找到一個解釋，大概非常痛苦。現在回想起來，作為一個小孩就整天思索這樣的問題，難怪後來變成了這樣的大人。之後每次遇見人生中重要事件的時候也會把這個問題再拿出來想一想。如果你去年問起我，我大概會說是日常生活，那個支撐著精神世界的日常生活。但是就在剛剛，我再次想起那些石頭，突然想到，在精神世界中的他，或許也棲息於一個不怎麼樣的地方。他像是一個早早放棄了的人，只是有時候我想不清楚，到底是他放棄了世界，還是世界放棄了他。」

「你對他的感情是怎麼樣的呢？」

「我第一次見到他，就是三年級在奶奶家。放學以後我在他的房間裡做作業，他突然出現，也不和我說話，就坐在我旁邊看我寫作業。我對爸爸這個詞語沒有概念，覺得他是一位溫和的叔叔，有點像媽媽單位裡某位關係不錯的同事。他教我做了兩道題，然後我們和奶奶一起吃了晚飯。這天晚上唯一的不同是我睡在了奶奶的房間裡，他和奶奶在外面說話。不是很激烈的交談，他們討論了一會兒家裡房子的事情，非常平靜、瑣碎，所以我很快就睡著了。早上起床的時候，他已經走了。奇怪的是，我從來沒有過被拋棄的感覺，相反，他一定比我更孤獨，這種感覺折磨著我，對他那份模稜兩可的痛苦偶爾會感同身受，想要幫助他。對，折磨著我的其實是這種想要幫助他的念頭。」

「唉，你不應該讓這種念頭影響到你，你又怎麼幫得了他呢，人和人之間的距離大概始終是一座山頭和另一座山頭，哪怕是親人也沒什麼兩樣。」

「你也是這樣想的嗎？」

「不然呢？」

「在北京的時候，睡在你的床上，覺得床都是香噴噴的，心裡特別羨慕你。你每天晚上都出門，像是有很多朋友，覺得這真是一個瀟灑的姊姊，想成為像你這樣的人。」

（唔，怎麼會，竟然想要成為像我這樣的——瀟灑的人。）

「第二次見到爸爸，是我十七歲那年。就是高中畢業的那年夏天，我從法國回來，陷入一種前所未有的沮喪。儘管已經被大學錄取，但在當時，世界上竟然沒有一個我想去的地方，也不想待在家裡。對於讀大學這件事情也完全提不起興致。經歷著這樣的低潮期，找不到原因，便想起了爸爸。」

「你覺得自己身上有爸爸的遺傳嗎？」

「確實在我人生的某個階段，因為感覺到自己或許是一個和爸爸相同的人，而感覺既擔憂，又安慰。我和他，像是茫茫宇宙中兩顆微不足道的星星，黯淡，但是確鑿地知道彼此的存在。如果能夠簡單地把問題都歸咎於血緣就好了。反正那回是我主動聯繫到了他，他為了這次見面，專門趕了回來。他沒有回家，我們約在家裡附近的商場吃了一頓午飯，地方我是選的。他真是一個聰明人，在我開口前便知道我想說什麼。他告訴我，別以為長大成人以後事情會有任何的轉機，不會，不要相信其他任何人安慰的話，不要抱以希望。」

「唔。」

「他說他在很年輕的時候就已經對人生失望，之後試圖用最平常的方法來解決問題。結婚，生育。不過顯然他的努力全部都失敗了。他大概忘記了我是這個解決辦法的產物。他完全把我當作一個成年人，談吐非常禮貌，甚至帶著謙和的尊重。但是他不知道這種尊重讓我痛苦極了。接下來的幾年都非常痛苦，一方面想要擺脫與他之間血緣的羈絆，另一方面又渴望得到它帶來的安慰。」

「那你的媽媽呢，她也原諒他嗎？」

「她嗎，她的人生像是始終被蒙在鼓裡的。我想起初她是不理解的，當時她也很年輕。但是她並沒有對突然轉彎的命運做出任何抗爭，隨波逐流的天真拯救了她。她最厲害的地方在於，她徹底放棄了對意義的思索，卻也沒有像其他婦女一樣投入生活。」

「她沒有再交往其他人？」

「哦，有一位叔叔。叔叔是家裡的鄰居，和我們家住在同一幢樓裡，所以他算是真正看著我長大的。從某種意義上來說，他確實擔當了部分父親的角色。他對我們相當不錯，奶奶家的人也默認了這件事。但是他有家庭，非常完整的家庭。他們一家住在樓下，他的母親，老婆，還有兒子。」

「一直相安無事？」

「是啊。大概持續了十五年，直到我快要回國的前一年，叔叔家的老奶奶因為老年痴呆症跳樓了，他們的關係也突然告一段落。中間沒有外人想像的難堪的情節，最後他們分開得也很自然，像是深秋死去的蟲子。我身邊的大人，他們都生活在一種持續而平穩的不快樂中，既具有棄兒的氣質，又具有根深柢固的意志力。」

「但是你相信他嗎？」

「誰？」

「你的爸爸，相信他曾經做出過努力嗎？」

「是啊，毫無疑問。沒法不相信他，甚至沒法責備他，沒法覺得他是個無情的人。」

小元說著，我突然有些動了情。

「所以他上個星期來找我，儘管我覺得糟糕透頂，但還是去見了他，不知道為什麼，心裡有種不好的感覺，擔心他病了，出了什麼嚴重的事情，擔心他突然死掉，或者打算從此消失。有很多事情我覺得他沒有勇氣做，但是誰知道呢。」

「嗯。」

「反正我們後來見了一面，真的是書面意義上的見了一面。他六點準時到我樓下，我又磨蹭了二十分鐘下樓見他。他沒有什麼變化，兩手空空，穿著一件舊襯衫。一時沒什麼可說的，他便說我們走走吧。就開始步行。從一個地鐵站走到下一個地鐵站，走得很慢，所以花了大概二十分鐘。」

「你們聊了些什麼？」

「沒什麼特別的，工作啊，奶奶的身體狀況。他告訴我說晚上他還有其他飯局，但是我覺得他其實沒什麼地方要去。不過我們還是在地鐵站門口告別了，臨走的時候他從口袋裡掏出一張公交卡來，鄭重其事地交給我。我後來坐地鐵的時候用了，裡面有兩百塊錢。」

說完她鬆了口氣，喝了一口啤酒，然後鼓著腮幫子慢慢地望向遠處。這種時候該說些什麼呢，我也不知道。小元總是可以在敘述中找到分寸和邊界，她始終有能力消解一切嚴肅悲傷的話題，連帶聽者和她一起，站在旁觀者的角度，輕鬆理智地審視。偶爾她會流露出一些零星的情緒，卻如同微弱的火花，輕盈的，還沒有來得及落地便已經被空氣撲滅。

臨走的時候，雨還是沒有停。小元撐著傘在路邊陪我喊車。接近傍晚，天提前擦黑，沿街都是絕望的等車的人。小元把傘塞進我手裡，兩三次衝進雨裡替我攔車，又徒勞地折返回來。最終我們都放棄了努力，挨得緊緊的，站在雨傘下。

「好懷念那天吃的沸騰魚呀，配上一大碗白米飯。」她說。

「下回我可以去北京找你。」

「姊姊，你真的覺得人和人之間的距離就是一座山頭和另外一座山頭嗎？」

「是啊。」

「那我和你之間呢，是兩座很遠很遠的山頭？」

「倒也無所謂遠近，誰會爬下自己的山頭呢。不過就是站在各自的山頭上揮揮手吧。」

「果然所有人都這樣想啊。」她說。

「嗯？」

「我大概就是想要打破這種時代的無聊。想要站在一個山頭，站在界限的一側。」

我扭頭看她。她朗朗說完，側著腦袋，劉海上的雨水順著額頭淌到了鼻尖，像是在認真地確認某件事情。

這時一輛出租車濺著水花停在我們兩三步之外，亮起頂燈，小元靈巧地躍過去，我跟在她身後，從黑色的雨傘底下，看到周圍三三兩兩等車的人也焦躁地湧來。小元拉開車門，幾乎推搡著把我塞進車裡，對著司機嚷嚷了句什麼，砰地關上車門。司機低聲咒罵著，慌亂地踩下油門，踉蹌著擺脫了連同小元在內的人群。

小元站在下街沿，探著身體，大概想要說句告別的話。我也是，謝謝，再見，保持聯繫。但是其實，我只是輕輕地，動了動手指。

二〇一五年一月

盛夏的遠足

陌生的電話號碼被按掉兩次以後靜默了，過了半個小時又響，持續了更長時間。像是對曉凡有足夠的瞭解和耐心——「唉，曉凡」——不是一個興致勃勃的聲音，強調著一種近乎誇張的輕鬆或者懶散，本意大概是想掩飾局促，卻反而顯得傲慢。曉凡不得不費力地從記憶的某個通道中尋找一個發音，與之而來的是一連串尚未形成圖像或者文字的碎片，隨著對方語氣的加強，漸漸拼湊起來。

「李詩啊。」她終於在對方言語的停頓間插入了這個名字。時間的延宕正好消除了此處不應存在的熱絡。她回想最後一次見面的情形，季節不明，她從一幢大樓裡出來，大樓挨著高架，但是和馬路之間又隔著停車場。她們在停車場旁邊迎面遇見，可能因為各自都要趕往下一個目的地，也可能是不知如何寒暄，便只打了一個模稜兩可的招呼。但其實這次偶遇距離之前的交往也已經過去很多年。李詩穿著高跟鞋，也或許並沒有。其實曉凡不記得她的穿著了，卻留下這樣的印象，大概是因為李詩臉上的神態，一種由於羞澀導致的厭倦，常常給人造成她正在嘔氣的錯覺。

之前她們有過時而鬆散時而緊密的交往，斷斷續續地持續了五六年，在某一個特定的時期，幾乎被捆綁成彼此最好的朋友。還有丘和小林，以及其他不斷加入又不斷消失的人。丘和小林是哥們和搭檔，他們在東京念書時，在同一間便利店做夜班，三年，一起吃過無數個牛肉便當，形成了不可能再被更改的友誼。當時曉凡便有這樣的感覺，以後她或許不再和丘在一起，李詩也不再和小林在一起，但是那兩個男人之間卻有著什麼不會被摧毀的連接，令人羨慕的牢固。事實上，丘和小林始終是工作上的搭檔，小林則出乎意料地早早和李詩結婚，送走了貓，卻有了一個女兒。現在那個曉凡只見過一面的嬰兒可能已經六七歲了，所以，只有她一個人完全退出了他們的生活。

曉凡等待她們的對話切入正題，但是她很快發現可能並沒有什麼正題。這聽起來像是一個敘舊的電話，只是她們沒有談起任何舊事。李詩說她剛剛入職了電影公司。啊，當然。她是一個始終站在時代浪尖的人。儘管真的很難將李詩與時代或者浪尖這些詞語真正聯繫在一起，因為她看起來更符合懈怠或者喪氣。不過她被幸運星照耀，從來不爭取任何東西，卻隨波逐流地被推往意想不到的某處。

「我知道電影這樁事情已經有些污糟，但我一直想做，之前也做了不少準備。而且這次我的公司是——投資的。」

「誰？」

她又重複了一遍，解釋說是非常有名的導演兼製片人，卻彷彿也並沒有因為曉凡的一無所知而感覺驚訝或者遺憾。即便是在談論這種運氣的時候她也流露出厭倦，這種厭倦來自於，彷彿一切都是注定失敗的，因而過程和結局都同樣的無所謂。很難分辨這其中真誠的部分，因為這也可能是一個聰明人出於妥協而製造出的假象。但不管怎麼說，這是她迷人之處。

當曉凡想要更新一下自己的情況時，卻被李詩打斷了。她的語氣裡有種確鑿，彷彿接下來她們還將擁有漫長的時間。

「你還記得松江那間小超市嗎？」李詩停頓一會兒之後提起。

「哪間？」

「我們在松江開過的那間小超市。小林和丘，還有他們的那個朋友，叫什麼來著。」

「啊！是啊！我快把這件事情忘光了。」

「我也是，真是太久之前的事情了。但是我在策劃一個劇本，和朋友們談起這件事情，大家都覺得是個好故事。那時候你多大，大概只有二十歲吧。我們見面再說，我們應該見個面。」

等到她們真的見面，已經過去了一個月。先是曉凡出差，接著李詩的女兒生病。曉凡能夠感覺到她倆都為了促成這次見面做出了努力，克服了惰性以及一些難以描述卻確鑿存在的阻礙。

曉凡出門的時候下雨了。她坐在車上仔細想了想，他們做那個超市的時候，她不是二十歲，可能是二十二歲，大學的最後一年。那麼李詩和其他人就是二十六歲。她又想，她們其實也沒想像中那麼年輕，彼此間卻彷彿剛剛學會用成年人的方式交往。有的時候甚至是笨拙的模仿。那是很長一段時間，對曉凡來說，稱得上是青春的這段時間絲毫不短暫。

這一個月間她想起丘，但也沒有比平常更多。她已經不再和任何人談論丘了，很難分清是因為訴說欲的消失，還是因為可訴說的語境的消失，畢竟周圍的人換了一波又一波，如今已經沒有人聽說過丘。前幾年她得知過一些他的消息。結婚。搬去了浦東。有了一個兒子，接著又有了第二個。當然主要還是工作方面的好消息，非常好。但是她懷疑自己其實從未真正關心過他的工作。如今音訊全無之後，她還是持續地夢見他，夢並非停留在過去，卻是自由地生長。也就是說她清晰地知道夢境裡的丘，是一位她所不認識的青年（如果還能被稱為青年的話）。當她全盤思索自己的人生時，已經不再細究這種感情，也不再對愛情下任何定義，只當作是底色般的存在，多少襯出一些當下的反光。

下車以後，曉凡在路口等了一會兒。馬路對面站著一個撐傘的女孩，很像李詩年輕時的模樣。矮個子，齊劉海，黑色的連帽大衣，又重又長，一直拖到腳面，露出下面一雙藍色的球鞋——這個時候李詩發來消息說她已經到了。於是曉凡看到馬路對面的女孩抬起手來，可能是揮了揮，也可能只是摘下了耳機。然後女孩——李詩——走了過來。

當李詩走到跟前的時候，曉凡意識到，不清晰的時間自然留下了一些根本無需多加描述的東西，相信此刻她們都已經在彼此的視線中找到了印證，所以才垂下眼睛或者望向其他方向，避免認真地打量。但是也很顯然，時間在某些部分放過了李詩。她雙手插在兜裡緊張的姿勢，她臉上持久的神態，這種東西在她的青年時期稀疏平常，此刻卻流露出一種頑固的清澈，令人疑惑，以至於曉凡和她並肩走路，沉默不語，卻幾乎感覺到了情感的振盪。

她們拐進了路口的第一間咖啡館。寒潮已經過去，所以她們選擇了窗邊的位置，但還是冷，沒有辦法脫去外套。很難想像過去她們熟悉附近的每一間飯館或者咖啡館，彷彿那曾經是一個非常小的世界，又或者她們占領過這裡，世界。

曉凡沒有吃午飯，要了一份熱湯，李詩要了一杯白葡萄酒。

「你怎麼樣，你還在學校教書嗎？」

「是啊，還是在同一所學校。但是我最近在考慮出國念書的事情，應該說是在準備和猶豫。」

「要是早幾年，哪怕是兩年，我都會立刻鼓勵你趕緊離開這裡。」

「是嗎。現在呢？」

「所有傷筋動骨的事情都讓人感覺有些疲憊不是嗎？反正我也是善解人意了一些。」

「哈哈。確實每天花費了大量力氣，最後不過是集中了精神而已。」

「話說回來，學校怎麼樣？學校裡的年輕人會不會可愛一些？」

「學校裡的小孩還太小了，我有時候覺得他們還沒有成為年輕人，如果我們在談論的是同一個詞語的話。」

「當然啦。我們在談論的是同一個詞語。他們多大，十五六歲？」

「差不多。但我是一個滿懷偏見的人。他們卻不計較這一點，可能是因為他們的善良？」

「其實我想到的是N。小飛機場樂隊的N。」

「啊，N是很可愛。我以為你早就已經不再聽小飛機場了。」

「我原本也不太聽他們的歌，好像和歌本身沒有什麼關係。但是N很可愛，當然阿P也是。你知道啊，就是我說的那種可愛的年輕人。」

「很多年前，我第一次去看他們的現場，N非常非常害羞，她不知道應該怎麼說話，後來有一個女孩跳上台去送了她一個鴨子的氣球，是那種分量剛剛好飄浮在地面的氣球，她就乖乖拖在手上，鴨子也好像也跟著她在地上輕輕地走動。啊！那都已經是十幾年前的事情了，不可思議。我後來也買過那種氣球，有段時間商場裡總能看到。」

「我大概更喜歡後面一個時期的他們。就是N從香港去了北京。A那段時間拍了很多他們的照片，那可能也是A照片拍得最好的一段時間。哪怕現在想來都覺得那是一種粗糙又生機勃勃的東西。」

「我也記得。奧運會前期的北京。但是持續的時間太短了。她可能待了一年多就回到了香港。啊，說到這裡，我覺得你應該去聽聽看〈五點鐘去天光墟〉。大概就是唱早上五點鐘和朋友們去天光墟，然後再去吃早飯。我可以聽上一百遍，但是給身邊的朋友聽，他們就都很勉強。不過你會喜歡啊，我們早上五點鐘去過很多地方。」

「是啊！我怎麼忘了，我們早上五點鐘去過很多 地方！」

「我後來看過一段採訪，在採訪裡N提到她前幾年看到飛碟的事情。她說當時是在曼徹斯特，可能是在朋友家裡，在窗邊看到空中有幾個活動著的光點，先是分散地飛，然後又一起以很慢的速度往一個方向飛。她手邊沒有相機，沒有辦法拍下來。然後她又想叫身後的同伴，但是沒有辦法挪動身體，等到她告訴他們的時候，那些光點已經不見了。」

「哇。我也好想看到飛碟啊。但是我可能看不到了，我沒有N的品質，N

身上有一種難能可貴的品質，那種稱得上是可愛的東西。」李詩很快喝完了杯子裡的酒，問曉凡要不要和她一起再喝一點。曉凡縱容了她，於是接下來，她又要了半瓶。

曉凡從未和李詩一起喝過酒，她們過去不喝酒，大概是因為不需要任何輕度的麻痺就能夠感受到被無限放大的快樂。不需要酒精、藥物，任何外部刺激。這件事情曉凡後來才想明白。

「你現在還打遊戲嗎？」

「你是說聯機的那種嗎，早就不打了，也已經不在電腦上打遊戲了。」

「哦，我是想起來我們以前常常去遊戲機房和網吧。」

「但那些事情從來不是我的強項啊，主要是因為丘，丘和小林真是瘋子。我後來再也不認識這樣的瘋子了，真是太奇怪了。而且放在那個時候，甚至會覺得他們對遊戲的痴迷是一種非常健康和年輕的狀態。」

「當然啦。我還記得那會兒打遊戲，大雪山下面的村莊，村民都被古神蠱惑了，但開始你不知道，還跟他們在樹林裡救山羊啊，找失蹤的獵人啊，突然他們就開始打你。然後再被一個特別高大的精靈女祭司拯救。明明是個ＮＰＣ

啊，愣是覺得彷彿真的存在，還和她在瀑布下面說了話。」

「美！」

「美死了！」

「但是你知道我最喜歡的是哪部分嗎？我最喜歡凌晨從網吧裡或者遊戲機房裡出來，我和丘常常走在前面，大概是因為丘的關係，他走路非常快。然後我們打車老大遠地去浦東那個餃子攤吃餃子和骨頭湯。吃完了回到你們家，繼續聊天，常常天就亮了。我們真的曾經是非常興致勃勃的人。」

「那也是因為他們，他們是更加興致勃勃的人，你見過他們這樣的嗎，把遊戲付諸於精神世界。而且完全克服了一種出於沉溺的恐懼。」

「是啊，他們是怎麼做到的。」

曉凡想起來，她和丘分手的那段時間（是她提出的），丘和小林拿到了一筆不小的投資，他們當然非常興奮，全情投入地開發遊戲，成立了自己的公司，最初只有他們兩個人，之後的事情曉凡不清楚，直到前幾年聽說公司已經上市。可能對當時的丘來說，他甚至都沒有機會顧及感情中遺憾的部分。當然曉凡也不會再有機會問他了。然而在後來漫長的時間裡，她曾經反覆思索當時為什麼會分開，雖然沒有發生過任何具體的事情，卻確實有種不得不分開的需要，非常難以解釋，暫時地歸結為少年的無畏和對未來過分虛構的熱情。

一個從來不喜歡遊戲的人，在當時卻為什麼熱衷於冒險呢？她問自己。

外面的雨停了，烏雲後面透出被稀釋的光線，從窗外照進來，溫柔地映在李詩的臉上。曉凡想要繼續這個話題，她想要知道一些具體的信息。比如說那間公司現在的運作情況，當然，還有丘的情況，她想要談論那些具體的可被描述的日常。但是有什麼在阻止著她，也在阻止著李詩。每當她們想要前進的時候，卻在後退，或者乾脆繞開。可能是因為此刻的對話中，有一些非常暢快的東西，任誰都不忍心輕易打斷。

很快她們就一起喝完了半瓶酒，李詩沒有再詢問曉凡的意見，直接又要了半瓶，然後從口袋裡掏出一包紅雙喜，點了一根。很難想像她已經和丘還有小林一起變得有錢。曉凡也是突然意識到這一點，但這種意識也說不上有多麼清晰。她當然也會回想起和丘一起從襄陽路服裝市場走出來，塑料袋裡拎著兩條難辨真偽的 Levi's 501 牛仔褲，然後再去隔壁的碟片店買幾張碟。但是這種回憶的意義難道僅僅在於和目前的生活形成對比嗎？甚至連對比都稱不上。小林或許要更踏實一些，他是他們中間第一個購買保險的人（很多年前），他熱衷於各種條款的關聯，字句之間的陷阱和可能性，那些東西和遊戲程序代碼一樣，成為他的安身之所，可以被確切衡量和描述的東西保護著他，使得他免於世界的打擾。很難說，李詩是否也屬於這個世界中的一部分，是否連同他們的女兒一起，被他屏蔽在了某個可被描述的安全距離之外。

「我待會兒要去接女兒，但是還有一點時間，我們還能再待一會兒。」

「我常常忘記你有孩子。那她算是可愛的年輕人嗎？」

「她太小了。她是個非常實心眼的小孩，我可以和她待上一整天，看她大笑或者露出得意的神情，她沒有那麼愛玩遊戲，其實是我在討好她多一點，或者說是我喜歡和她在一起玩遊戲，這樣我們就能絲毫不尷尬地待在一起。」

「你尷尬什麼？」

「我就是這樣的人啊，一個尷尬的人，也不是不開心，就是尷尬。」

「哈哈哈。」

「因為最近在做劇本的關係，想起很多過去的事情，絲毫不帶稀釋的，有時候能具體到和某個人在向下的電梯裡見到的第一面。倒不是懷舊，是希望在每個與大時代交錯的時間節點上找到一些意義，或者理想付諸流水的那個起點。想要談論。有時候我覺得，我，或者說我們，差一點就能實現自己的理想了。」

「什麼理想？」

「很難總結，但可能是毫無壓力地浪蕩。」

「哈哈！那麼我告訴你，現在比起沒有可愛的年輕人，更慘的事情是，沒有可愛的男人了！」再也沒有一個和丘一樣的人，一個真正的朋友——但是曉凡把這句話嚥了回去。不要，絕對不要陷入具體而毫無意義的回憶中。她提醒自己。

「想起來過去我覺得很沒勁的年輕男人，甚至說是討厭和猥瑣的那些人，過了那麼多年反倒理所當然地成為了主流，又由於被賦予了自信的緣故，產生了另外一種精神面貌，還因此獲得了很多年輕女孩的青睞。就連我自己，都改變了對他們的看法，甚至對他們產生了信任。但並不是說我就不疑惑了。我無法判斷自己的標準是否也是搖擺的，還是說歸根結柢我是和他們一樣的人。」

「沒錯！一方面是這樣的，另外一方面來說，我們過去喜歡的那些人呢，他們都不見了。也不知道是從哪個時間點開始就消失了，不明白。」

「能和你這樣說說話真是太好了。」

「是啊。太好了。」

現在那半瓶白葡萄酒已經又喝完了，她們應該可以再要一些，但是誰都沒有動。曉凡想不起來過去她們有過這樣的交談，她們的友誼曾經建構在更為具體的行動上，有一年的夏天她們甚至一起辦過游泳卡。但是她始終感到這些隨時都會消失，正如幾乎所有的友誼本來應有的屬性。當它消失的時候，除了短暫的嘆息，也不會牽動感情裡其他的部分。而此刻她所感受到的是一種少年時代絕不曾有過的興致勃勃，帶著感慨，和一見如故的情緒。也可能是酒精的作用，但她清楚哪怕是被放大的細微，也是值得珍惜的。更何況，她相信此刻的李詩懷著和她一致的想法。

「時間正好，我要告訴你一個連我自己都感覺震驚的消息。我在和小林辦離婚。」

「什麼！」

「是啊，這個過程漫長又拉扯，一旦仔細想起來自己正在做的事情，真的非常吃驚。不過我和小林之間的問題始終存在著，並非因為我們是一個機器人和一個厭世分子的組合，而是在很久以前，我對他就沒有感情了。可是我隔了那麼長的時間明白過來，中間自然是做了不少錯誤的事情。」

「有其他人出現了嗎？」

「有，但其實根本無所謂是不是有具體的某個人。不過小林知道了這件事情，是我主動告訴他的。因為我特別愚蠢，自以為是的誠實。結果徹底激怒了小林。他認為這件事情可以修補，他把錯誤都歸結為出現了漏洞的遊戲程序，傷腦子，耗精力，但是最終會補好。」

曉凡不知道李詩是否在等待她繼續發問。但是她靜默著，任何提問都顯得不合時宜，彷彿輕微的振動都會致使某種東西的坍塌，而她，或者說她們，都需要此刻是堅固的，禮貌的，不涉及任何具體的描述的——「嗯。」

「在小林的要求下，我換了手機號碼，和過去所有的朋友斷絕了聯繫，他也暫停了工作。我們先是這樣面面相覷地待在家裡，還有女兒。我配合著他們，打起了精神，也想要保護這個小小的宇宙。不得不說痛苦能夠帶給人奇怪的生命力。在這段被強制隔離的時間裡，至少是平靜的，也能夠感覺到一些快樂。」

「你們三個人每天都在家裡待著？」

「大部分的時候是在家裡，除了家人之外也沒有和其他任何人來往。啊，我們也出去旅行了，去了沖繩，兩次，因為女兒很喜歡那裡。最後當然我們都還是失敗了。女兒回到學校上課，小林回到公司，但是我沒有再恢復和任何一個朋友的聯絡，直到現在。小林之前撂了很多狠話，現在都放下了，我們在認真地討論女兒的歸屬問題。如果我不那麼窮就好了，當成為一個個體的時候，很多問題也會變得稍微容易一點。」

說到這兒，李詩停了下來，看了看時間，收拾起菸盒，叫來服務員買單。在這個停頓中，曉凡清晰地想起她們彼此第一次見面時，在丘和小林的租屋裡，李詩坐在對面的椅子上。他們四個人切開一顆西瓜，一起用勺子挖著吃。過了一會兒，李詩和小林去了裡面的房間談話，談了很久，而她自己在外面，看丘玩《三國無雙》。

走吧。她們站了起來，拍拍大衣，提起各自的包，站在咖啡館門口，利落地道別。

至於那間小超市，在回家的路上，曉凡幾乎完整地想了起來。

肯定是夏天，松江大學城剛剛建好的第一年，他們想趕在暑假結束之前開業。丘有一位中學好友的家在松江，是當地小有名氣的流氓，當時經營著一家網吧。後來曉凡交往了一位少年時代在松江鎮上度過的男友，還隨口打聽過那個傢伙，男友說那個人確實很有名，人稱松江扛把子，比他大兩三歲，他中學裡面一直非常希望加入他們——「你竟然認識他啊！」——他的口氣裡滿是天真的嫉妒。

想起來要做小超市，多半是因為有一天凌晨他們四個人從家裡出來，在馬路對面的好德裡面買泡麵、火腿腸，然後站在馬路邊抽菸，談論了一會兒丘和小林當時在日本便利店裡打工時候的情形。還有好吃的牛肉便當。當時馬路邊種著很多泡桐樹，後來世博會前夕為了造園區都砍掉了。

丘很快找到了那位扛把子，解決了店面問題，便是用的他自己家空出來的街面房。小小一間。他們每個人都或多或少地出了一些錢，丘問家裡借了兩萬塊左右。接著他們立刻在當地雇了配置簡單的工程隊，開始裝修。丘和小林住在了網吧裡。曉凡第一次去看他們，小林不在，丘光著上半身，和工人一起坐在門口的台階上，吃炒麵。

為什麼無法再和李詩談論起這些呢，她並不清楚。她們一定也是在見面以後才意識到，具象的回憶是無法談論的。她們被一種清醒的意識拉扯著，站在了遠處。合理並且禮貌的距離。涉及丘，當然也是如此。那些動人的場景逐一變得模糊，非常殘忍，不可逆轉。然而在這個過程中，脫離物理存在的東西反而更加清晰，而且因為不能被描述，所以再也無法被剝奪。

超市裝修完成前的最後一天，曉凡和丘從麥德龍賣場進了第一批貨物。他們坐在租來的小麵包車裡回到郊區，裝的貨物絕大多數是碳酸飲料、膨化食物、衛生棉和文具。工人們已經撤了，李詩和小林在打掃衛生。周圍的居民往來張望，駐足門口與他們聊天。到了傍晚，松江扛把子和另外兩個朋友搬來一袋西瓜。

他們在鎮上吃了一頓火鍋，步行回到店裡繼續幹活。沿途經過剛剛建造好的學校，空無一人，不見燈火。蟲子在近處和遠處瘋狂地鳴叫。他們一直忙到凌晨，筋疲力盡以後，所有人就地躺倒。中間曉凡醒來一次，頭頂的日光燈全部開著，如同夢境。

她再次醒來是早晨六點。這是她大學最後一個學期的第一天，早晨八點有課。於是她輕手輕腳地收拾東西，沒有洗臉，從架子上拿了一瓶礦泉水。地鐵還沒有通往這裡，曉凡坐上了郊區的專線小巴。很多人正要趕往城市，她抱著書包被擠在窗邊。有人推開了窗，湧進來新鮮乾淨的風。大片的工地、荒野、農田和綠化帶從她的眼前掠過。她想起來，走的時候沒有吵醒任何人，也沒有和任何人告別。

二〇一六年六月

抒情消亡簡史

青決定要帶年輕女孩去見楊以後，思索了一會兒（甚至沒有超過五秒鐘），便坦白說她和楊曾經交往過，那是幾年前的事情了——四年，她仔細想了想。年輕女孩輕輕聳聳肩，看得出來她對談論感情沒興趣，於是青便也拋開了想要就此聊聊的念頭。

去年冬天，年輕女孩委託朋友主動聯繫青。她當時在一間法國人的公關公司上班，促成了青和一個指甲油品牌的合作，用青的三張小畫做了一套限量版指甲油的包裝。她們之間的溝通都是通過電話，照理說這種來電會讓青感覺尷尬，主要因為她不習慣談論錢，但是年輕女孩邏輯清晰，語氣裡有著不容推脫的確鑿。這件事情讓青輕鬆賺到了一筆不錯的錢。

接下來年輕女孩又找過青兩次。春天，她邀請青參加音樂節，她認為青應該多出來認識一些人，青沒有去。初夏，一個快消類的服裝品牌通過年輕女孩找到了青，希望青能幫忙設計周邊產品。這本身沒有什麼問題，而且收入也會非常可觀，但是合作方要求到青的畫室（也就是她的家）拍攝宣傳片。當時青的老狗得了重病，她想以「狗的年紀太大，不太歡迎陌生人」為理由拒絕，最後卻被年輕女孩說服。拍攝進行得很順利，狗難得提起了精神，還留下了溫柔的合影。

等這些事情過去以後，青想要請年輕女孩吃頓飯，或者買件禮物給她。但是年輕女孩說不用客氣，她自己也因為青的事情賺到不少錢。於是青想，原來年輕女孩並不想要和她成為朋友。

但是不久之後，年輕女孩主動約青一起午餐。青提議不如再叫上年輕女孩的一位同事，那位同事跟進了整個拍攝過程，幫了不少忙。但是年輕女孩說她只想單獨聊聊天。她們約在一間喝早茶的廣東餐館，是年輕女孩選的。

氣氛雜亂，工作日的中午，周圍都是在談論股票的中年人。她們要了腸粉、蒸排骨、蝦餃、蔬菜、兩隻乳鴿。「會不會太多。」年輕女孩嘀咕著又要了一碗艇仔粥和一壺鐵觀音。

年輕女孩穿著一件淺藍色的男式襯衫，短短的頭髮全部往後攏，露出一張乾淨的臉，是如今雜誌上最常見的時髦長相。單眼皮，眼角下垂，給人一種近乎冷漠和天真之間的印象。寬肩膀，骨頭長得勻稱好看，儘管坐著，卻看得出個子很高，像剛剛度過青春期的男生。她比青想像中——嗯，青其實並沒有想像過她的長相。只能說她的長相和她表現出的性格之間沒有任何衝突的地方。

青穿著平時在家工作時穿的黑色T恤和牛仔褲，和年輕女孩相比，她反而因為一種標準化的好看而失去了可辨別的特徵。更年輕的時候她被籠統地稱讚為美，這種美到現在也沒有消逝，反而被時間強調得更加明顯。然而，她到了這樣的年紀，覺得美毫無意義。這種想法無疑也干擾了她的創作，卻令她以進入另一種焦慮的方式擺脫了原有的焦慮。她看著年輕女孩想，真是很難分辨比自己小十歲以內的人之間的差別，年輕女孩比她小十一歲，也被她納入這個範疇。但是反過來，一定是不成立的。對年輕人來說，每一年都是差別。

青以為年輕女孩有新的工作想找她談，畢竟她們的交往僅限於工作。和年輕女孩聊天是令人愉快的，她有許多令人讚賞的品質。比如她從不閱讀星座專欄，非常愛錢，也很習慣於談論錢，但是她沒有參與炒股，不贊成投機取巧的事情。儘管她彷彿對現在的工作有些不滿，卻從未抱怨。因為她的不滿並不來自於外界的現實問題，而是來自於自身邊界的束縛。

結果年輕女孩卻只是和青說起將要與母親去香港旅行。她問青哪裡能找到好的二手書店，她想買進口雜誌和設計書籍，她也希望青能推薦幾間好吃的飯店。青盡力回憶起那個黏糊糊的城市。她去過四五次香港，或許更多，卻沒有留下什麼清晰的印象。太吵鬧，馬路上的人沒有禮貌，室內的冷氣又打得太足。但她還是推薦年輕女孩去灣仔的星街，她曾經在那裡一個朋友的家裡住了大半個月。需要走一段上坡路，但是乾淨，植物很好，咖啡館也不錯。她推測年輕女孩會喜歡，可也說不準。聽說南丫島不錯，還有大澳那邊的漁村。青都沒有去過，她自己對旅行一點不感興趣。蛇羹很好吃，還有一間米其林一星的路邊攤，但是她忘記名字了。年輕女孩說沒事，她可以回家查查。

接著年輕女孩說端午節的時候，她和朋友去了附近的一個島上看海。沙灘很爛，但是海鮮很好吃，貝殼在火上烤到自己爆開。結果回來的第二天就拉肚子。青問她海島在哪裡，她說是嵊泗附近的小島。青說她幾年前也和朋友說好要一起去，結果碰到颱風，後來便沒有再想起這件事。

「其實是因為我一個月前辭職了。」年輕女孩說。

「欸？沒有聽你說起過。」

「本來覺得沒什麼可說的。但是最近又擔憂起來。」

「擔憂什麼？」

「你二十五歲的時候在做什麼？」

「十年前啊——我從日本念書回來，什麼都沒做，身邊朋友的境遇也都差不多，紛紛打著散工，於是我們就整天在一起玩。這樣的情況斷斷續續持續了三年，也可能更久。」

「有什麼好玩的？」

「也沒什麼具體的內容。但能夠肯定的是，那是一段真空到煩惱無法存活的狀態。有短暫的傷感，不過稱得上是煩心事的，一件都沒有。」

「不用擔心沒有錢嗎？」

「不記得了。畫畫的年輕人都沒有錢。後來當大家情況都好起來以後，有人把當時的貧窮作為印記來強調。但是我一點也想不起來了。二十五歲不玩的話，還能做什麼呢，什麼都做不了。」青認真思索了一會兒，「說到這裡想起了居易．德波，寫了《景觀社會》的法國人。」

「聽說過。」

「五〇年代他提出不要工作。我們都認為他說的就是讓大家喝酒、寫作、看電影，用怠工來抵抗墮落的社會。因此我們中間很多人喜歡他，覺得我們整日玩耍，其實質卻是在抵抗和革命。當然我們那會兒太年輕，並不知道無所事事是需要天賦異稟的。而我們所做的一切與抵抗也好，革命也好，絲毫沒有關係。我們生活在二十一世紀初的中國，甚至連失望都沒有。失望是後來的事情，」青停頓了一會兒說，「嗯，失望是很後來的事情。當時我們風華正茂呢。」

「你可真是一個奇怪的人。」年輕女孩輕鬆地笑起來，聳聳肩。

走出飯店的時候，外面突然下起了暴雨。她們都帶了傘，但是雨太大，無法步行到地鐵站，也喊不到車。年輕女孩說不如去她家裡躲雨，也可以喝杯咖啡，她家就在馬路對面的弄堂裡，只要跑幾步就到了。於是她們各自撐著傘，衝進雨裡。年輕女孩跑得飛快，青跟在她身後，電閃雷鳴，馬路上既沒有車，也沒有行人。

直到門口，年輕女孩才順口提起說，還有兩個朋友在家，但是沒有關係，他們在錄歌，不會互相打擾。青感覺冒失，不過這種時候說要走又顯得有些不成熟，而成熟是她理應具備的品質。年輕女孩解釋說這兩個朋友都和家人住在一起，所以想要幹活也好，想要玩也好，都會來她家裡，他們幾乎每天都會見面。

這是一幢老式公寓，廚房是公用的，樓下有個不錯的小院子，走進樓道就聞見一股霉味，年輕女孩住在二樓。所有的老式公寓都有相同的問題，地處市中心，外面看起來很美，綠化也很好，四季分明，裡面卻腐壞了，過分潮濕，而且通常都有鼠患。除了原住民之外，最多的租客就是年輕人和喜歡法租界的外國有錢人（有些內部改造過的公寓租金高得嚇人），青的朋友中間既有前者，也有後者。但是不管怎麼說，她很久沒有去過他們中間任何一個人的家了。

兩位朋友是一個胖男孩和一個瘦女孩。男孩戴著黑框眼鏡，穿著深粉色的T恤衫。他有些拘謹地自我介紹說正在哥倫比亞大學念新聞專業，暑假回來正在做一個採訪項目。他說話飛快，語氣裡有種缺乏經驗的急促和羞澀。他有時候轉過頭去和另外一個女孩說英文。女孩個子高，有張叫人印象深刻的臉，是雜誌裡常見的另外一種時髦長相，穿著小號的牛仔襯衫和同樣顏色的長褲。她幫大家做了咖啡，半途起身接了男朋友打來的電話。

男孩得知青的名字以後頓了頓。青擔心他要談起自己的畫，確實她有時候會遇見知道她的年輕人，在有限的範圍內她算得上是非常出名，但是男孩接著說，他常常聽年輕女孩提到青。青鬆了口氣，這種時候談論起自己的畫只會叫人尷尬。而且她覺得年輕女孩並不喜歡她的畫，儘管她們之間的工作都是基於這些畫，但她們從未談論過畫本身。這也是青喜歡年輕女孩的地方，彷彿她能夠清晰地察覺到作品的問題，因此選擇閉口不談。

嗯。青的作品裡自然有一些難以言喻的動人，籠統說來，那種動人大致就是不斷受挫的天真。儘管她的進步已經變得非常有限，但是她從未停止過對精神世界的建設，或者說小修小補。她有自己的標準，才華也沒有如大部分人一樣受到時間的折損。然而對她來說，才華毫無意義。她追求的是自己無法描述的東西。與其說是迷惘，不如說是失望。她能夠清晰地看到那件東西——或許能被稱為是彼岸的冒險和灘塗——是無法獲得之物還是無法抵達之所並不重要，甚至是名詞還是形容詞也不重要。她的問題是，她無法描繪它，哪怕是最笨拙的臨摹，一切試圖記錄的形式都是失敗的。她的停滯便是緣於這種他人（尤其是觀眾或者讀者）根本無法理解的失敗。

青喝了一口咖啡，放鬆地打量起這個房間。房間很小，但是沒有任何多餘的家具，所以顯得並不擁擠。地上疊放著兩張床墊，沒有桌椅。床頭櫃上放著電腦和迷你音箱。鋪著一小塊灰色地毯。沒有衣櫃，數量非常有限的衣服都整齊地掛在架子上。沒有廚房，洗手間很小，無處容納的洗臉池被安置在了床墊旁邊。

女孩接電話的時候，他們討論了一會兒〈夏日的酒〉哪個版本更好聽。男孩說他更喜歡拉娜．德．蕾和她男友翻唱的版本，因為更迷人，像個幻覺。然後他徵詢青的意見。青不知道拉娜是誰，於是說她更喜歡南希的原唱。年輕女孩表示同意，她對青說：「如果我們出生在同一個時代，我們應該是一樣的人。」青喝完兩杯咖啡，抽了一根菸。男孩也陪她抽了一根。他們始終沒有開始錄歌，正興致勃勃地討論著待會兒去哪裡吃日本拉麵。

然後雨變小了。年輕女孩建議青不如趁現在去喊車，很難講待會兒雨會不會變大。青儘管起身開始穿鞋，卻冒出如果和他們一起去吃拉麵或許也不錯的念頭。但她很快拋開了這個念頭，拿起自己的雨傘。

青在回家路上想起來剛才那個女孩是位模特，她總能在雜誌上見到她，不過她和照片裡看起來就像是兩個人，不是因為臉，臉的話，並沒有差別。青還想起一些十幾年前的事。很模糊。但是她覺得從具體的細節來說，和現在也並沒有多大的差別。

之後年輕女孩沒有再聯繫青，青卻不時地想起她來。

這段時間裡青交了好運。先是一位德國的收藏家聯絡她，她在日本的一次群展上看到了青的作品（因為要照顧老狗的緣故，青並沒有出席開幕式），想到她的工作室坐坐，並且看看她更多的作品。這位德國女人的助手第二天再次回來，購買了青的五張舊作，這件事情在圈內引起小小震動。接著青接到更多的展覽邀約，她拒絕了三個，其中有一個是在倫敦的個展。因為她確實拿不出那麼多作品，儘管她很勤奮，但她是個非常緩慢的畫家，而且目前她的工作完全停滯了。她堅持認為此刻舊作的風靡是出於投機和功利，說到底附庸者只對他們根本就不欣賞的成功感興趣。這些令她感覺羞愧，反過來更提醒著她，她心中無法描繪的——嗯，她不知道那究竟是名詞、形容詞，還是動詞。

和公關的相處倒是令人放鬆的。大眾向來不明就裡，從某種意義上來說，甚至顯得冷酷無情。青習慣於這樣的冷酷，她從不需要與他們談論創作，但問題是她覺得談論錢也是非常為難的事情。

有一天朋友建議她找一個經紀人，一個值得信任並且能夠保護她的人。青立刻想到了年輕女孩。於是她毫無遲疑地給年輕女孩打了電話。

年輕女孩表示非常感興趣，而且她認為青確實應該更好地經營自己。但是她也誠實地表示，她對於畫廊方面的事不瞭解，需要做些功課。另外雖然她辭職了，卻和幾個朋友合開了一間小型公關公司，代理一些國內的服裝設計師。因此不管是哪件事情都無法全部占據她的時間。

「既然你們交往過，你們倆自己談會不會更好？」

「不不。我沒法和他談工作，工作讓我們彼此失望。」

「哦。這樣啊。」

「但他是個好人。可能有時候會表現得很蠢，運氣也不太好，但他是個好人。」

「你想幫他嗎？我總得知道你的意圖。」

「他說有個項目。但是他向來對我的畫不感興趣，所以我想可能是其他的事情。如果能幫忙的話當然是想幫他的。」

「但是我也不會讓我們自己吃虧。」

青提前二十分鐘到達餐廳時，年輕女孩接完工作電話剛剛出門。她總是會遲到一會兒，但是程度又保持得非常合理。這是一間改良過的川菜館，楊挑選的地方。年輕女孩出現的時候拿著傘，她說外面下雨了——「為什麼我們每次見面都下著雨。」——她穿著一件淺色針織背心、黑色的長褲和高跟鞋。頭髮照舊利落地攏在耳朵後面。顯然做了準備。青想，即便是楊也無法判斷出年輕女孩的年齡。

「今天你看起來不太一樣，怎麼回事？」年輕女孩坐下以後卻探究地看著青，發出這樣的疑問。

「欸？大概是因為用了一點唇膏。」青說。和年輕女孩不同，青依舊穿著工作T恤。楊不喜歡她這樣的打扮，認為她凡事都過分謙遜謹慎，視自己的美為無物對楊說來是一種不合時宜的天真。而青則傾向於故意給人留下「我什麼都不打算幹」的印象。

「哦，是你的眼睛，你的眼睛閃閃發光的。」年輕女孩繼續看著她。

儘管青知道她的語氣裡沒有絲毫指向性或者諷刺，依然感覺不好意思。為了轉移話題，也為了讓接下來的談話順利進行，青再次向年輕女孩強調了一些事情——楊是一個非常好的人，但並不討人喜歡。他向來以禮貌、文藝和冒險的標準來要求自己，卻給人留下暴躁、無趣和功利主義的印象。他喜愛一切漂亮的事物，崇拜年輕人，又不由自主地表現出盲目的熱情和目空一切的頑固。這些外界的偏見全都是對的，而且他自己渾然不覺。要命的是，如果一個人能夠把偏執的部分發揮到極致，或許也會以另外一種形式將世界擊潰。然而，他又被過時的理想和自以為是的情懷折磨，徹底亂了分寸。

年輕女孩問，那麼楊的畫廊目前經營狀況如何？

從表面看起來還行。去年策劃了一個項目叫「買得起的藝術」，籠絡了一批不錯的年輕藝術家。項目反響不錯，作品卻賣得不好。他太容易受到周圍人的影響，喪失自己的判斷標準。但他靠販賣廉價的藝術周邊產品賺到不少錢。

年輕女孩又問，那和他說話的時候要注意些什麼？

嗯。青想起有一天他們坐在車上（那輛舊的黑色豐田雅力士去年終於被青賣掉了），青開著車，楊坐在副駕駛位上。他們正穿過一座長長的跨江大橋，橫風吹得很厲害，青不得不使勁握住方向盤。楊放著一張他喜歡的唱片，可能是史汀或者治療樂隊。然後他打開車窗抽菸，詢問青是否聞見了江水的氣味，或許是長江。他已經盡力表現溫柔，但是溫柔也折磨著他。

青正在思索如何把這句話的意思準確表達出來，楊來了。

楊穿著一件長袖白襯衫，袖口挽起來，露出一截結實的小臂，下面穿著牛仔褲和球鞋。他很少在穿衣上花費心思，所以終年都穿基本色的襯衫。他所有的襯衫都很昂貴，同時他的日常生活卻保持著一種九〇年代大學生式的清簡。而且在他人生的大部分階段，他都是單身。

「好累啊。」楊說著把雙肩包放在旁邊的椅子上。

青給他們彼此做了介紹——之前她在電話裡和楊提過，會帶上自己的合作夥伴，不知為什麼她無法說出經紀人這個詞語。儘管她知道這一套語系對楊來說非常管用。年輕女孩聳聳肩，沒有顯出熱衷於參與這場對話。但是青知道，年輕女孩身上有種迷人的東西，令人不由想要討好她。

接著他們為了避免最初的尷尬，各自研究起菜單。楊提議每個人選自己想要吃的菜。青讓年輕女孩替她決定，她對食物不熱衷也不挑剔。於是年輕女孩不客氣地要了燉牛肉、豆瓣魚、兩份涼菜。楊只選了一個蔬菜湯和一碗豌雜麵。

青又多要了一份蘸水豆腐。青和年輕女孩都沒有吃飯時喝啤酒的習慣，於是楊自己要了一瓶冰啤酒。

「這家店是——開的。」楊說了一位插畫師的名字。

「欸？大家都在開店呢。我聽說老周又開了個麵館，就在他原先酒吧的旁邊。」青說。

「酒吧快不行了，現在沒有人看現場演出，新出道的樂隊大多譁眾取寵。」

「也不完全是這樣的。」

「噢，年輕人發話了。大概我們都是過時的老派人。現在你們都聽些什麼樂隊呢？」

年輕女孩沒有接話，點了根菸，於是楊也點了一根。

「你抽牡丹唉，特別酷。」年輕女孩說，她自己抽的是白萬。

「現在很少有餐廳能夠抽菸了，就連現場酒吧都弄了吸菸室，世界變得越來越不好玩。」

「畫廊現在怎麼樣？」青出於禮貌提問。

「別提了。園區現在被那些國外回來的富二代搞得烏煙瘴氣，還有那些打橄欖球開摩托車的傢伙。遊客，整個園區裡到處都是遊客，鬧哄哄的，導致房租不斷上漲。五年前最早進駐的那批人都走得差不多了。這期間先是和政府的人協商，現在又被烏泱泱的商業概念擠壓了生存空間。」

「打橄欖球的？你是說那幾個設計師的男朋友嗎？」年輕女孩問，「他們每個週末都在體育場訓練，確實是一群招搖的傢伙。」

「是啊，你看，時代突然就變了。還有投資人。投資人一夜之間都被洗腦了。沒有人再對傳統的畫廊經營方式感興趣，太緩慢，他們想要集體拋棄。園區的咖啡館裡他們都在談論互聯網思維，不管是誰都想涉足知識產權，但不是我們概念中的知識產權。」

「嗯。」

「親愛的，每個人都被席捲於濁流中。要不就是生活在自以為高雅的絕望裡。」

服務員端了菜上來。楊打開了啤酒。年輕女孩說她餓壞了，大大方方地吃起了牛肉，一邊驚嘆非常好吃。「真是太好吃了！」——誰都沒有想到一個插畫師開的餐廳竟讓食客們使用了如此簡單的形容詞。而其他大部分設計師都在裝修上花了太多心思，哪怕如此，有些細節他們還是永遠搞不定。比如說餐桌之間適合交談的距離，燈光要不太暗，要不太亮，永遠在投訴的隔壁鄰居。有一回青在一個咖啡館的露台上喝酒，晚上九點（並不算很晚）被憤怒的隔壁居民潑了一盆水，所幸大部分的水都灑在了隔離綠化帶上。

楊吃了一口魚，太辣了，他說著放下筷子，掏出手機。

「我剛剛給N打了一筆錢，他的電影現在在眾籌階段。當然都是他女友在操作這些事情，他女友是聯合製片人。院線的排片少得可憐，只能靠自己出錢。這是他們最後一場眾籌放映了。」

「你總是這樣，一邊反對荒謬，一邊又不斷地參與到荒謬中去。」

「哦，我還以為你會喜歡那部電影。」

「排不上院線是正確的，根本不是值得一提的電影。為什麼這些人還在津津樂道於上一個時代的故事，九〇年代的青春，為什麼我們依舊要對九〇年代的青春感興趣？都是陳詞濫調。相似的痛苦、折磨，全部都不值一提。為什麼還要反覆去說呢？」

「可是你不也在畫這些東西嗎，相似的痛苦，相似的折磨。你也是在重複。」

「所以我不畫了。沒有意義。」

「沒有意義。我是一個會反省的人，所以我停止了。」青又重複了一遍。

三個人沉默了片刻，青也點了一根菸，只有年輕女孩還在吃東西。她把涼拌牛肉裡面的牛肉都挑光了，剩下一大把香菜。然後她說這裡的音樂真好聽，聽了讓人想要跳舞。昨晚上她和朋友跳舞跳到早上四點，接著他們又去了她家裡聊天。真累啊。但是儘管如此，她大口吃著食物，看起來卻有種少見的鬱鬱寡歡。

「你從來沒有喜歡過我的畫，是吧。」

「我早就對畫不感興趣了，我只是在服務於你們這些畫家。」

「那你對什麼感興趣？」

「說實在的，我對什麼都不感興趣。我過去以為我喜歡旅行，但其實不是的。我對任何事情都不感興趣。但是我依然在追逐一些虛妄的東西，我大概就是對虛妄的東西感興趣。過去的二十年裡，我從無到有創造了一些東西，建立了一些事業，但是最後我都不得不離開。我好像真的是運氣差了一點呢。」

「不堪重負。」

「什麼？」

「我覺得你看起來不堪重負。但其實不應該這樣。」

「但是你為什麼不再畫畫了呢？很多人都畫得更加糟糕，但是他們都還在畫。你以為這還是一個拚天賦的時代嗎，傻姑娘。最後就是比誰在濁流中活得更久一點。」

「那他們是為了什麼呢？」

「我也不知道他們是為了什麼，大概也是一種消磨時間的方式。大部分人持續地在荒廢時間，而不是享受時間。永恆不變的單調正在折磨這個時代，誰都無法逃脫。」

楊的手機響了，他按掉一次，又響了，於是他罵罵咧咧地出去接電話。

「他到底要找你談什麼？」年輕女孩問青。

「不知道。我現在想，可能他並不是想要找我談工作。」

「天哪，那我在這裡真是太蠢了。而且他不需要吃點什麼嗎，他什麼都沒有吃。」

「再忍受一會兒，吃完飯以後我請你喝酒。」

「我其實覺得你們挺有意思。」

「但是你看起來沒精打采的，像是我們的無聊感染到了你。」

「沒有，我只是在想像自己十年以後的狀態。」

「再忍受一會兒。」

楊氣急敗壞地回來，說助理幫他訂了明天早晨七點去廣州的機票。太早了！接著他終於吃了幾口麵條，但又很快放下筷子，點了根菸，再要了一瓶冰啤酒。青知道此刻他並不是真的焦慮，甚至有些放鬆。他的酒量差得沒邊，現在也沒有長進，稍微一點點的酒精便能讓他感覺溫柔。今晚在他所有的夜晚裡應該算是不錯的一個。

「你們啊，你們都太沉默了。」

「那你和我說說，你二十五歲的時候在做什麼。」

「哦，真是太久以前的事情了。我大學畢業以後和兩個同班同學橫跨大半個中國到深圳創業。那會兒的深圳，遍地都是機會。同學的家裡有政府關係，我們當時租的辦公室就在類似現在國貿ＣＢＤ這樣的地方。一層樓。一個月一萬塊。」——這中間還夾雜著那條一千五百塊的牛仔褲的故事，這些事情青都已經聽過很多遍——而結局是，就在他們要簽署一筆千萬大單的前一天晚上，國家發了宏觀調控批文。那是一筆鋼材買賣？青覺得連楊自己也記得不是那麼清晰。

如果楊獲得了成功會怎麼樣？青想到自他們分手以後，她便再也沒有在任何場合遇見過楊。最後一次見面是在北京某個二樓的威士忌酒吧裡。楊喝了兩杯以後對青說，至少有一點是好的，所有和他分手的前女友之後都迅速成功了——青問他到底什麼是你所謂的成功——一部分人嫁了有錢人，一部分事業突飛猛進。他們從來不談論這些，前女友或者前男友。但是青知道他的一任女友是她的同行，之前畫畫，和楊分手以後轉而做觀念和建築，現在是炙手可熱的藝術家。

這樣說的話，青並沒有獲得任何意義上的成功。

「所以你們看，我就是這樣的人，建造什麼，便崩塌什麼。」

「如果把這個拍成電影我倒是想看看的。比現在所有的青春片都好看。」

「哦？」

「青春片就應該是冒險和灘塗。」是啊。青想，或許是這樣的。

青從洗手間出來的時候，楊已經結了帳，正和年輕女孩站在電梯口聊天。然後他們擠在狹窄的電梯裡下沉，青挨著楊，抑制住自己想要握住他的手的衝動。接下來等他們站在門口告別時，這種衝動又出現了一次。

下著很小很小的雨，像是春天，卻其實已經過了立秋。青問楊現在住在哪裡（當時楊住在園區附近的單身公寓裡，後來聽說他搬過一次家），楊說了一個小區的名字。年輕女孩接話說，哦，是個房租非常昂貴的小區唉。楊露出一種略微為難的表情。

和楊分開以後，年輕女孩說要帶青去個好地方喝酒，有很飛的電子樂。

「今晚對你來說一定有點難熬。」

「沒有。但是我剛剛在想為什麼你們不能在一起，發生了什麼。」

「我也說不好。」——因為本質上來說，我們對失敗有不同的定義。青心想。

「他多大？」

「你猜。」
「三十……八歲?我說不好，他不是那種有明確年齡標誌的人。」
「哈哈哈哈。楊今年五十歲了，他是一九六五年出生的。」
「我有一個前男友，比我小四歲。我們剛剛分手。他爸爸是一九七〇年出生的，會半夜開著敞篷跑車帶我們去吃夜宵、唱歌。所以那真是一個無憂無慮的男孩，無憂無慮到令人感覺厭煩。」
「是啊，楊所面臨的問題歸根到底大概就是，他在持續衰老。」
「唉。他五十歲了呢，我竟然有些同情他。他應該過得更瀟灑些。拋棄更多的東西。泡妞，喝酒，不談論意義。他應該過這樣的生活。絕望，絕望是一個多迷人的詞語啊。如果他瀟灑地沉溺於絕望，我會迷上他的。會想要和他談一場戀愛，安慰他，然後再被他拋棄。就應該是這樣的。」
這時候她們路過一間酒吧，門口站著幾個白人，空氣裡糅雜著大麻和酒精。
「這間酒吧非常有名，老闆能定期請到最有名的ＤＪ。」
「阿 WING 開的?」青問。
「你認識她?阿 WING 是我的偶像。她搞過很多牛逼的電子派對，跳舞跳到停不下來。兩年前的夏天她租下一個郊區的體育場，請了十個DJ過來。午夜到來的時候突然靜默了一分鐘。所有人都嗨了，但是靜悄悄的。能看得到銀河。」年輕女孩幾乎嘆了一口氣。

「我們不到二十歲就認識了，在我去日本念書前，那個時候，好像所有人都認識。詩人，畫家，吉他手，主唱，作家，攝影師，無所事事者，所有人都認識。」

「她那個時候在做什麼？」

「她在北京念書，後來又退學了，和我們的一個朋友談戀愛。」

青回想起二十歲的阿 WING，最後一次見到她是在公園的露天音樂節上。演出結束以後的深夜，大夥照舊去老地方吃夜宵。一間不正宗的湘菜館，但是通宵營業，啤酒成箱成箱地搬上來——那會兒所有的地方都不禁菸。南方樂手帶著各自的女朋友坐在二樓（青當時交往著一個吉他手），北方樂手則占據了三樓（阿 WING 的朋友大多是從北京來的）。阿 WING 下樓來叫她的男友上去，那位年輕的鍵盤手覺得不能扔下二樓的南方哥們，拒絕了。整桌人喝掉一箱酒以後，阿 WING 又下樓來叫鍵盤手，再次被粗魯地拒絕。五分鐘以後，三樓的人從狹窄的樓梯衝下來，北方男孩和南方男孩們從二樓打到一樓，再從一樓打到大街上。

阿 WING 那天穿著灰色T恤，沒有穿內衣，年輕，是任何男孩都願意為她打架的年輕。

「你的畫裡有一些特別的東西。」

「欸？」

「在聽你剛剛說起阿 WING 的事情時突然想起來的，之前我一直不知道那是什麼。」

「說說看。」

「一種讓人不由自主想要去模仿，卻又不觸發感情的東西。」

「可能是審美的愉悅。」

「我知道什麼是審美的愉悅，我能夠分辨一切明確的東西。精神，心理特徵。不是那些。」

「那就是一種模糊的不可挽回的東西。」

「真傷感呀，不知道怎麼的，感覺這是一個傷感的夜晚。」

「可不是嗎？」

雨變大了，年輕女孩撐開傘，她們穿過繁華的馬路，青想著，待會兒要喝雙份的威士忌。

二〇一五年十月

大湖

馬拉松前夜，曉原沒有留宿白。為了緩解自己的內疚，她反而對他表現出欲蓋彌彰的怠慢。在她自己看來，這種掩飾是善意和軟弱，在所有旁觀者以及白本人看來，卻是傲慢和無情。

照理來說，第二天凌晨五點就要出發去外灘集合點，晚上留宿是人之常情。這段時間，白總是把「人之常情」掛在嘴邊，他彷彿正在試著遵循一套世間通行的規則，壓抑，簡單，用那套條條框框來暫緩一些任誰都無法消滅的事情。

然而無論怎麼說，夜晚已經熬過了大半。在此之前，白騎車過來做了晚飯，前後花費了三個小時。他過分耐心地把茨菰鋪在五花肉底下，小火煮，中間不時攪動。如此謹慎的舉動令曉原感覺焦慮，不得不關攏廚房的門，卻依然能想像白一根根地清洗韭菜，試圖向她證明愛或者日常之美，喚起她心中——柔軟的部分？天快要暗下來時，白從廚房出來，提醒曉原暫停一會兒工作。他抱著她，向她訴說對岸夕陽中的樓房和河流的反光。曉原垂著嘴角，辛苦地沒有說出譏諷的話。這些被她視為軟弱和令人痛苦的日常，以及被荒廢的三個小時。而白卻在強調，這便是他或者他們每日駐足的場景。這種強調中有猶豫的成分，曉原很清楚，物質帶給白的只有強烈的不適感，日常的運轉他也未必真的明白。不和曉原相處的夜晚（最近變得越來越多），白依靠八點以後的打折麵包和一次性購買了十斤的冷凍麵條度日，超市加熱的飯糰也能讓他高興。面對這樣的人，即便出於禮貌，也不應摧毀他的努力。

因此曉原常常驚訝於自己的鐵石心腸，或者她根本不願意承認，也無法面對這個冷酷的自我。認可白進入自己的生活是錯誤，白的存在方式也是錯誤。一種柳條或者浮萍般的存在，在隨波逐流的形態中發出持久的哀嘆，而他認為這便是美，反覆告訴曉原，在某個他們無法說清的地方，在此刻兩人漫長的疲憊中，包含著另一個真正閃光的姿態。美是毫無意義的啊。曉原確鑿地想，柳條也好，浮萍也好，隨波逐流的形態雖然具有美感，哀嘆之歌也可以動聽，但如果在人生中如此踐行，只會給身邊的人帶來不幸。

晚飯前，曉原獨自去樓下買啤酒，按照白的習慣保留了便利店的小票。小票上清楚地寫著啤酒的牌子、種類和價格，為什麼白要保留物件的票據，曉原並不清楚，起初他給過一個含糊到不可信的理由。記日記？他的扭捏暗示著一種渴望，渴望被追問和瞭解，但曉原從未再過問。偶爾她思索起這些票據的最終去向，它們被存放在什麼地方，有效期限多長。連帶想起的是，那些分開的獨處時間，白做些什麼，如何度過。

白原本不喝酒，他對任何導致失控的東西都保持警惕和嫌惡，卻因為曉原的緣故，對一切不理解的事物懷有近乎報復的熱切。喝酒的時候，他加入曉原，通常是齜牙咧嘴的一小杯，談笑著，察言觀色，試圖學習或者模仿一種輕鬆的氣氛。效果卻截然相反。對曉原來說，和白一起喝酒如同懲罰，她不得不眼睜睜地看著他把一切縫隙填滿，無法忍受的東西也因此而固定了下來。

不過氣溫驟降，屬於啤酒的季節又過去了一次，曉原想，今天只喝一罐而已。

晚飯後他們一起看了半部日劇，裡面有一個高級遊民的角色讓白咯咯笑個不停。一個和母親住在一起，從不工作和戀愛的男人，四十歲，卻對文學有著不錯的見解。那位遊民每每提及太宰治、三島由紀夫或者川端康成，白就表現出得意，用誇張的笑聲和局促的評註來吸引曉原的注意。羞澀的嘲笑，潛意識裡的認同，伴隨著幾聲討好的嗚咽，提示著曉原，這樣的社會角色裡也有著高貴的姿態，彷彿此時曉原應該和他共享一個精神世界。曉原不得不用更嚴厲的無動於衷來對抗這種不合時宜的熱情。在困境中要承受她自己的厭倦已經夠了，無法再消化盲目的生機勃勃。於是她趁著廣告間隙宣布，今晚就到這裡結束吧。

但曉原還是把白送到了樓下，現實生活中，她依然履行作為女友的最低義務。她注視著白打開自行車鎖，跨上車，擺擺手，便輕易地躍入眼前的黑暗。

曉原摸到口袋裡的啤酒小票，忘記交給白了。接下來的夜晚他會做些什麼呢？

最壞的時期或許已經過去了——春天，白對曉原說：「即便是出於人道，也不該就這樣丟下我。」——之後，他重新回到成人教育中心教日語。與同事相處很累，學生家長過分勢利，收入也微薄得不值一提。不過他終於用自己的工資在曉原隔壁的小區租下一小間屋子，不再從母親那裡拿錢。然而也很難說這一切是出於清晰的自我審視，反而更像是劇烈的抗議。在曉原看來，白不過是將此刻的生活視為規則一種，將不適應的、平凡的部分，作為人生的背景暫時接受下來。他交給曉原一小筆一小筆的錢，表示錢對他來說毫無意義。曉原拒絕了一些，接受了一些。除此之外，他恢復了長跑訓練。那是苦夏到來前的最後一段輕鬆時間，至此，他陸陸續續跑了五百多公里。

晚上曉原當然沒有睡好。直到凌晨兩點她還醒著，之後做了一個短暫而傷感的夢，在鬧鐘響起之前便自覺醒來。窗外天還完全是黑的，下著秋天非常細小的雨。她吃了一個圓麵包、一根香蕉，慢慢喝完半杯咖啡。跑鞋的鞋帶按照白教的辦法繫了兩次，結實地固定住腳踝和芯片的位置。等到她收拾妥當給白打電話時，響了很久才接起。白的聲音彷彿剛剛從噩夢中驚醒。

曉原在隔壁小區門口等白。他推著自行車從樓道裡出來，藏青色的速乾衣外面套著同色的拉鍊衫，穿著一雙合腳的舊跑鞋。白的每樣東西都保存得很好，自己刷跑鞋，堅持在書桌上鋪桌布，手腕上戴著的卡西歐運動手錶也是大學時代的古董，無法網路定位，但日常跑步訓練和估算速度也足夠。每次曉原帶他去商場購買必需品他都表現得非常不安，對嶄新的事物心存畏懼。直到現在，他還在使用五年前第一次跑馬拉松時組委會發的號碼包和擦汗巾。

白從號碼包裡掏出一根發黑的香蕉，曉原說吃過了，他又掏出半塊裹在錫紙裡的巧克力，曉原接過來塞在防雨外套的兜裡。接著，她阻止了他掏出裝在保溫瓶裡的熱咖啡。然而她冷漠到殘酷的態度也無法擊潰此刻的共同體，他倆蹬起自行車往外灘去。

這是曉原的第一次馬拉松，白的第二次。五年前曾是慚愧的失敗。當時白依然是國家二級運動員，所以哪怕是作為運動員這樣物理性的存在，他也無疑是失敗的，而且宣判的標準更為嚴苛，無法撼動。如今他很少提起這樁往事。由於十公里跑過三十五分鐘的不錯成績，白把初馬的目標設置為三個半小時。結果三十公里處右膝蓋的舊傷發作，三個半小時的目標被疲憊粉碎，四小時也在膝蓋的痛感中化為烏有，之後被過低的體溫折磨，雖然關門前完成了全程，成績卻比預想中晚了兩個小時，膝蓋在很長時間內也無法恢復。總之，明明想要開啓新人生的大門，卻因此而中斷了長跑。

所以當曉原開始跑步以後，白送了她髕骨帶，曉原卻拒絕使用。雖然她從未經過規範訓練，膝蓋卻怎麼跑都沒有問題，韌帶和肌肉完美地固定住了髕骨的位置。還有她身體其他部位的肌肉，每一塊都正確和諧，令人不由聯想起被包裹的骨骼，一定也是同樣好看。就連她的靈魂也因為健康的身體而散發著輕盈的微光——天然自在，與苦難毫無關聯卻不自知——天生的幸運兒。

所幸曉原還是聽從了白的建議，換掉了原先不合適的舊跑鞋，但並不是因為他反覆向她強調那雙跑鞋的壞處，而是因為她在跑完第一趟二十公里以後，不出意外地發生了腳趾甲脫落的情況。

他倆一前一後在路上騎自行車，前半段路空空蕩蕩，偶爾在黑暗中出現一兩個背著號碼包的人。白表現出春遊般的雀躍，觀察他們跑鞋的型號，號碼牌的分區，試圖以同行者的身分吸引他們的注意。曉原不得不奮力蹬車，始終和他保持著兩三公尺的距離，這樣飛快地沿著河堤前進，兩個人都氣喘吁吁。

他們在距離集合點三四個路口的地方找到一個自行車棚停車。此時漆黑的天空終於透出一抹蛋青色，但是細小的雨完全沒有要停下來的意思，潮濕的地面反射著天光，像另外一條河。曉原和白隨著人流繼續往外灘步行，按照圖示找到了寄存車。把號碼包交給志願者以後，曉原留下了防雨外套，白卻只穿了短褲和速乾衣。為了保持身體的溫度，他喝完了保溫瓶裡的咖啡。

從寄存車到集合點的路上聚攏了更多人，彷彿不得不用力推開眾人，才能繼續向前。曉原跟在白的身後，看到他跑鞋上的反光片在柏油路面化出小小一團淺黃色的光暈。她這才意識到自己非常緊張，暫時無法感知到冷或者疲憊。

但同時有一種置身龐大事件的幸福。幸福感一直持續到發令槍響，他們被人群推搡著跑出五百公尺後躍過了起跑線。

為什麼開始跑步？

因為從小就是田徑隊主力，而且這樣跑下去總會有正確答案。你呢？

為了解千愁？曉原撇撇嘴。

但其實並非如此。曉原從未從跑步中獲得任何快樂或者自由。不僅如此，每次出門跑步前都是沮喪的，像是一場懲罰的開始。夏天必須等待地面溫度的消退。不管是體育場也好，公園也好，相同重複的路線令人難以忍受。身體更加承受著相當的痛苦。跑完以後的拉伸和散步稍微好些，尤其是在夜晚路燈尚未亮起的公園，漸漸模糊的景色裡傳來花香，四季不同，此刻她想念冷冽空氣裡的蠟梅，代表著一種決意。但這也不是快樂，甚至不是滿足感，最多是一些久違的輕鬆。所以跑步不過是日復一日極其單調的練習，而她也是在忍受，和忍受其他一切相比並沒有什麼區別。忍受日常生活的無意義，他人的存在和介入，持久的失望和失落。至於進步——在很長一段時間裡她沒有取得任何進步，長久地滯留在三公里處。與肺部和心臟的不適相比，更多的是無聊和枯燥，以及無法形容的孤立無援。

第一個十公里是在快要關門的體育場上。進步並不是想像中的遞增和累積，卻是毫無徵兆地突然降臨。跑到七公里處一度想要放棄，但是身體並沒有感覺真正的痛苦，厭倦也在可以忍受的範圍之內。接著高空中的白色大燈一盞盞熄滅，球場上的人在黑暗中停止了奔跑，坐在場邊休息和聊天。那天，她跑了十二公里。

「關於我們的事，必須像破冰船一樣地前進！」

曉原的腦海中冒出這樣一個念頭，但是照語氣看來卻像是白說出來的話。這時候她已經跑過了十公里，進入漫長的西藏路。之前他們以每小時六分半的速度勻速前進，然後早早地在兩公里處分開。白覺得自己狀態不錯，或許可以挑戰一下四小時的分數線。曉原則始終跟著五小時的配速員方陣。雨停了，太陽的溫度也正好。緊張感和幸福感同時消散。呼吸穩定，心率保持在合格線左右，每塊肌肉都感覺輕鬆。現在剩下的只有恆久的孤立無援，以及耐心等待三十公里以後，不可能錯過的痛苦。

曉原的完賽成績是五小時二十分，白是四小時五分。他們在寄存車旁邊的草坪會合，然後穿過休息區，一同去領完賽獎牌。儘管沒有跑進四小時，白卻顯得很開心，說了很多話——「但是沒有看到飛艇啊。以前比賽的話，贊助商會在空中放飛艇。」——因為成績不錯（如果不是膝蓋在最後五公里處再次發生狀況，跑進四小時完全沒有問題），他流露出難得的輕鬆和傲慢，津津有味地回憶起五年前的比賽，說現在發的擦汗巾也不好，更不用提那塊保暖用的一次性塑料布了，揉皺了以後地上扔得烏泱泱的一片。過去發的可是結實的浴巾。

曉原小口小口地喝水，沒有說話。她並沒有感覺到真正的愉快，在關門時間前跑完是意料之中，原本以為可以跑進五小時，結果最後十公里的折返確實是人間地獄，所以也沒有跑出什麼值得一提的成績。此刻腰部以下的肌肉僵硬，肩膀和手腕都很痛，強烈的切實的存在感。接下來，可能有很長一段時間都不會再想跑步了。

他們都沒有力氣再騎車回家，便把車留在原處，又花了很長時間才等來出租車。白說晚上應該大吃一頓慶祝，曉原一時想不出反駁的理由，於是打算先去白的家裡睡一覺。

曉原和白各自住的小區被一小段河隔開，是蘇州河最窄的一段。白泡茶的時候，曉原坐在他的書桌邊。為了給書桌區域騰出更多空間，白把整個床抵住了廢置不用的衣櫃，僅有的幾件衣服擺在床頭，按照顏色和材質排列摺疊。書桌上鋪著深藍色的桌布，除了電腦之外，只有兩三本川端康成的小說，一本日語字典，和一個鎮紙小木塊。木塊是一塊被重新打磨過的廢料（做家具剩下的），剛剛認識曉原的時候，白在一間日用品商店裡發現的，他買了兩塊，堅持送給曉原一塊。那塊去哪裡了——曉原撫摸著小木塊，它裹上了比記憶中更深的顏色，散發著暗淡的光澤。

而正對著書桌的窗外，三十三層，是一片乾燥的藍。

剛剛搬來後不久，白約曉原過來看落日。他扔掉了房東置辦的窗簾，從這個高度看出去，確實整片天空一覽無遺，飛機留下白色的痕跡，其餘的部分暈染著粉色和紫色。但是自此以後，曉原其實再也沒有來過這裡。

持久的消耗，他們想等茶壺裡的水燒開，卻很快便倒在床上睡著了。

曉原醒來，白還睡著。她感覺自己睡了兩三個小時，其實天已經黑了，對岸的樓房亮著燈。她不想吵醒身邊的人，小心挪動身體，但肌肉像是失去了和身體的連接，失控地輕輕震顫。疲憊沒有消失，反而如同掀起了波浪。白還是驚醒過來。

「我夢到你啦，」白幾乎是興高采烈地說，「回到了去年的春天。別擔心，是個高興的夢。」

「哦。」

「那時候也很冷呢。你坐在書店裡，我和邱走出店外，沿著樹影稀疏的山坡，一直走向山坡上體育館所在的高處。邱彷彿少年，我也是，步履輕快，沒有帶什麼多餘的東西。不知不覺中，寒意退去，我們走上了平坦開闊的坡頂。陽光照在身上，感覺也是鄭重的，夢裡的空氣很清爽，吸進身體裡轉為一種不含雜質的力量。我們像是放暑假的哥倆，一直走到網球館外面，那裡排著一組組單槓。少年的心情清晰地湧上心頭，我脫下外套，跳上單槓，感覺身體裡充滿了力量。我試著做了一組以前訓練時喜歡的一週翻轉，當然也順利地完成了。

邱大笑著讓我再做一次，還用手機拍下我支著單槓的照片。」

「像真的一樣。」

「在單槓上翻轉的那一刻，感覺人生也重新翻到了正面。雖然行為仍然笨拙，卻感覺這裡大概可以作為我重新開始的基點。即便在夢裡，也可以感覺到世界的善意，直到現在都沒有消退。」

「怪我吧。是我削弱了那些善意啊，我想。」

「別這麼說。人生嘛，無非是沿著日常的河邊，想跑的時候跑一下，不然就緩步慢行。」

「我不喜歡河，也不想沿著河走。」

「我明白。我來說一個比喻吧。我邀請你進入了我的精神世界，哇，第一眼風景不錯好遼闊，遠方有什麼東西閃閃發光，你想，不然就走過去看看吧。出發以後卻發現，路不好走，漸漸地景色也單調起來，還冒出一個個討厭的怪要打。甚至經過沼澤，許多黑暗的、骯髒的東西。這個時候當然想要快跑，而且想要切斷和這個世界全部的關係——不要讓這些壞東西跑進我的世界裡來——你心裡是這樣想的吧。聽我接著往下說，為什麼我始終忍受著不分手呢，和這樣一個你，真的完全是在忍受。愛你是肯定的，但願那是超越男女之愛的感情。但是比起感情來，更擔心你對我的判斷都是正確的，可是正確又是什麼呢？我說不上來，你大概也不行。」

「別再說比喻了。真的非常討厭你說比喻。」

「那就不說好了，我還是告訴你一件有意思的事吧！既然剛剛夢見了邱。」

「唉。那個勢利的傢伙。」

「我們在中學時代也經歷過漫長的較勁，近乎衝突，兩個完全不同的人卻意外生成了友誼。那種友誼自然也是脫離現實層面的短暫存在。大學四年因為地理上的分離我們完全沒有聯繫，畢業後卻都選擇回到了故鄉。他進入一間事務所上班，我也在父母的安排下開始工作。那是一個很小的城市，我們住的小區被一個公園隔開，步行也不過二十分鐘。」

「就是大湖旁邊的那個小區嗎？你媽媽還在樓下的菜地裡種萵苣嗎？」

「菜地荒廢很久啦，但是那個公園我們也一起去過呢。後來我和邱也是約在那裡見面。我們都從家裡出來，不約而同地穿著中學時的運動夾克，不知為什麼，彼此都覺得不太好意思。但我們還是在公園的長椅上說了很多話，之後他陪我回到我家，在小區裡走了一圈又一圈，直到天黑。」
「我記得那個公園唉，那裡有個小山坡，爬上去可以看到半面湖。」
「對。我們在那裡遇見過一群撿槐花的老人。」
「我們也撿了一口袋槐花嗎？真是很久以前的事情了。」
「我說的事情是更久以前。十年？我剛剛往大世界邁出小小一步，也得到了物質的回報，卻感覺非常羞愧，無端生出背叛感，無法再和朋友們見面。回想起來，大概當時的邱也有著和我相同的感受。所以我們決定辭職，根據自己對世界的理解重新學習。各自制定了學習和鍛鍊的計畫。我們當時住在邱的家裡。早晨九點開始讀書，中午自己做飯，幾乎每天都吃番茄雞蛋掛麵。下午繼續讀書，四點左右去大湖邊跑步。等到天氣轉暖了，我們也在那裡游泳。」
「我們當時看到很多老頭游泳。爬到山坡頂上，湖裡有各種顏色的泳帽。」
「當然了。但是你不知道他們游過了整個冬天。」
「你們讀什麼書？我是說你，你讀了什麼書？」
「認認真真地細讀了《史記》，拿著各種注釋本對照著讀《詩經》。日語也是在那段時間重新拾了起來，看了不少村上春樹的原文小說。當時不管是我也好，邱也好，都彷彿擁有著近乎悔恨的勇氣，想要穿過不可見的命運之壁。如果堅持下來講不定現在會變得不一樣？——你知道，沒有什麼比日復一日的雷同更好。」

「為什麼要設想一種不一樣呢？不然又會變成什麼？」

「游泳健將？哈哈哈。後來邱得到一個在北京的創業機會，我們的計畫在八個月之後提前結束。但是最精采的部分我還沒有說，既然是畢業，總要有一次畢業旅行。現在也想不起來是誰先提議的，總之說出這個願望的時候我們都覺得沒有比這更好的畢業旅行了——橫渡大湖！」

「太厲害了！游泳嗎？」

「嗯！橫渡大湖的計畫是這樣的：早晨五點出發，六點到達鎮子旁邊的小山，在湖邊給橡皮艇充氣，裝備補給。七點準時下水，經過兩座小島，然後從對面的山坡上岸。從下水處到第一座小島大約只有幾百公尺的距離，到小島做準備活動，測試船的情況，之後邱下水游泳，我划船，到第二座的時候應該已經過了中午，修整一段時間。然後換成我游，他划船。通過兩人接力的方式橫渡大湖。船是從網上買的，一艘淺綠色的小船，還附贈了遮陽篷、鋁槳和腳壓式的充氣泵。」

「整件事情聽起來像一個無法完成的小說。讓我想想，應該是誰寫的那種。」

「我們確實遭遇了完全超出預知的慘敗。巨大的風浪，從岸上卻根本無法判斷。也有可能這點風浪對於大湖來說根本沒什麼了不起的，卻對我們造成了滅頂之災。一個小時以後，我們狼狽地爬上了漁民的船，幾乎是被救回來的。而且距離岸邊只有不到五百公尺的距離。我始終在橡皮船上，根本還沒有下水的機會。」

哈哈哈哈！曉原和白都放聲大笑起來，又被肌肉的疼痛牽扯著直喘氣。

「餓了嗎？」

「很餓很餓。餓壞了。」

「想吃什麼？」

「澆了花生醬和蒜汁的麻辣燙，加雙份午餐肉，撒上白白的蔥花。」

「我想喝冰得剛剛好的新鮮生啤。」

這麼說著，曉原舔了舔嘴唇，像是要舔去冰涼的泡沫。但其實在黑暗中，誰都沒有挪動身體。天空一動不動，窗外也沒有任何聲音。河流，輕軌，街道都離得那麼遠，人間的事情自然也遠得不可思議。

「喂喂喂。不會是睡著了吧？」

「沒有睡著，我在回想大湖。我們住在那裡的時候很冷，你堅持要把所有的窗戶都打開。湖水是渾濁的，很大的浪。再和我說說大湖吧。」

「春天不是大湖最美的時候，但是春天有霧，從遙遠的山籠罩過來。夏天就不同了，夏天的湖是淺淺的橄欖綠，有時候又在光線裡變成墨綠或者琥珀。周圍有一些無人光顧的林子，那是無法想像的閃閃發光。我永遠記得那一天。蔥郁茂盛的清晨，空氣青翠。天還沒有亮，我和邱就推開了門，一起抬著橡皮艇，往借來的桑塔納的後座裡塞。世界啊，彷彿從這裡開始。」

「真美啊。」

「真美啊。」

「可是你告訴我，大湖的對面到底是什麼，你們又怎麼能確切知道呢？」

「我們不知道啊。天氣好的時候能看到第二座小島，但是繞過去以後是什麼，我和邱雖然常常談起，也並沒有認真去想。因為總有一天會親眼看到的吧，我們的內心完全是抱著這樣的想法。可是，即便就什麼都沒有，也不是什麼了不起的事情啊。你說呢？」

二〇一六年四月

去崇明島上看一看

李盼比約定的時間提前十分鐘到達武康大樓，門衛在半敞的小屋裡看電視，警惕地探出身體問她要去哪裡，得到確切的房間號之後才繼續放行。大樓很舊，客用電梯保留著上世紀中期的半圓指針樓層指示。著名的鄔達克設計，不知道還剩下多少老住戶。

她按照文清的指示，站在房間門口給她的助理打電話——「到時候我們的手機都會是震動狀態，所以你可能需要在門口等一會兒。」——不過一個年輕女孩很快就來給她開了門。女孩的頭髮剪得很短，戴著口罩，於是完全沒有開口講話便也顯得理所當然。原本是門廊或者廚房的地方堆滿了攝影設備、包和衣服。桌子上疊放著還沒有拆開的飯盒和貼著標籤的首飾。經紀人、雜誌社的工作人員、各種助理無聲地忙碌著，占據了所有的空間。而再往裡面，李盼暫時無法插足的前廳，被一小堵人牆隔開，能看到閃光燈的一閃一滅，伴隨著充電的滴滴聲，反光板再把光線以或柔和或粗暴的方式投射回空間內部。裡面放著搖擺的音樂，傳來輕柔的說話聲，給人一種強烈的錯覺，那裡或許有一個夢境。

李盼現在標價不菲，她的人物採訪稿費是一塊錢一個字，但她自兩年前便不再接稿。第一次正式對某位編輯說出這個決定時她重重鬆了口氣，「不好意思，我現在不再寫採訪了」，之後也始終遵循。她解釋說她對明星或者他人沒有多大興趣，而採訪大多是不平等的，她並不擅長在短時間內激發共鳴。但是她做得不錯，是因為她很早便發現，好壞的標準並不基於情感的交流，反而應該拋棄這種願望，堅信交流的無用性。

當然，她知道文清不會認同她。文清和一些巨星成為朋友，有著日常的交往。或許和她如今的業內地位有關，但也因為她與生俱來的天真，這種天真在多年前顯得魯莽和愚蠢，隨著時間推移卻變成一種珍貴的品質。起初李盼驚訝於她的採訪方式，她在某些時候表現得像骨肉皮，另外一些時候則毫無敬意。她對人和事件的評價標準混亂、任性、片面，並且毫不介意把自己的想像投射到採訪對象身上。但是李盼喜歡和她一起工作。尤其是這幾年，當李盼不再對任何形式的交流抱有希望以後，愈發喜歡文清對於一切事物理直氣壯地介入。從根本上來說，她其實從未在意過任何採訪對象，因此她也能很快遺忘自己的熱烈或者厭煩。而李盼的理智和冷靜卻完全出自她的反面。她們一起工作時，文清隨心所欲地在壓抑的氣場裡開闢出一小片林間空地，使得李盼可以自由地觀看或者呼吸。

不過只有李盼自己知道，她從未有過興致勃勃的念頭。剛入行時她以為這是所有新手都會有的緊張和困惑，她還有漫長的時間可以修正。如今她清晰地認識到，她可能只是對萬物懷有不可更改的厭倦。但是當文清說起靈的採訪時，她還是答應了下來。文清補充說：「你看過卡波特寫的馬龍．白蘭度嗎？你可以像他那樣寫。」

並不是因為卡波特，而是因為靈本身。李盼之前就知道靈，早在靈因為和A戀愛而聲名大噪之前。當時靈剛剛到巴黎念書，遇見攝影師楊，楊自九〇年代出道，拍攝過年輕時的張曼玉。李盼偶爾在雜誌上翻到楊在盧森堡公園裡拍下的一組照片。靈和各種雕塑以不同的方式排列在一起，她穿著淺藍色的襯衫和牛仔褲，骨骼舒展輕盈——怎麼會有那麼好看的年輕人！周邊的萬物也和她一起洗去了顏色，如雕像般肅穆。她像一種森林晨霧中的巨型動物，未被命名，存活於想像之外。

接下來李盼關注了靈的所有社交媒體。她讀太宰治（意料之中），談論宇宙、圓、永恆（或許是一種假象，畢竟她的談論都停留在詞語層面），常去美術館，最喜歡雕塑（但並不是說她對藝術就有什麼特別的見解）。當時她未滿二十歲，是模特界的新星，法國人尤其喜歡她，在機場能看到她的大幅廣告。和同時代的模特不同，她沒有一目了然的特徵，相反卻有模糊一切邊界的氣質，彷彿以缺席的方式存在。

靈曾經有一段持久穩定的感情關係，那位如今已經成為過去式的男友是學校的高年級工科生，他的過分普通反倒令旁觀者對年輕的靈產生了認同和讚許。即便是在成名以後，靈對這段關係也從未有過絲毫遮掩，他們共同出現在一些合影中，他的穿著和神情都流露出少年老成的鄭重其事。當A出現以後，李盼才明白之前那段關係的不對等在於，這位男友的存在過分確鑿和清晰，甚至界定了靈的意義和可能性。以至於靈與他分手，並刪除相冊中所有與他有關的照片時，他消失的姿態也具有物理性的不容置疑，沒有人為此惋惜。

相比之下，A則是世界末日的男朋友。他沒有來龍去脈，沒有性格。如同閃電，或者突然的餽贈。他拍了兩部電影，在一部派拉蒙的太空電影中作為唯一的亞洲面孔出現，演一個人工智能的機器男孩，完美無缺的臉和身體，半途在叢林中穿著毛衣死去，響起大衛·鮑伊的〈太空怪人〉，令人落淚。這種老派的方式值得讚賞，儘管李盼也不得不承認，吸引她的往往是一些更邋遢或者更粗魯的人格，哪怕事實反覆證明她和他們中的任何一個都不般配。而A喚起的，是一種曾經令人厭倦的對稱、飽滿和整潔，對於這個時代來說已經結束的或者尚未開始的東西。

靈和A的戀情曝光引起小範圍爆炸，意外使得兩個人的商業價值都得以提升。即便是再瘋狂狹隘的粉絲也毫不吝嗇地給予兩個人美好的祝福，甚至維護。彷彿他們代表的是多麼清澈的不可描述的物質，任誰都不忍心破壞。

採訪被安排在拍攝之後，但是李盼照慣例提前到達，旁觀他們的工作狀態。最後一場，工作人員轉移到了臥室，文清終於露面，帶著李盼穿過前廳，到陽台上抽菸休息。文清告訴她這間屋子的屋主回國去過聖誕了，臨時租借給拍攝使用。她們感慨了一番房子的美，又談論了一會兒工作，便沉默地透過窗戶看著臥室。靈和A坐在床邊，兩個人都穿著運動衫，短髮，他們幾乎忘記了楊的鏡頭，興致勃勃地說著什麼有趣的事情，像兩個男孩，身體卻無法分開。旁觀的工作人員沒有交談，卻都忍不住舉起手機記錄，非常肅穆，令人動容。後來楊在挑選照片的時候說，人在年輕的時候都經歷過這樣的感情，李盼並不認同，她認為這是一種極端的好運。

晚上九點半，李盼在旁邊的酒吧裡等來剛剛結束拍攝的靈和A。外面颳著黑暗深沉的風，他們的出現帶有瑩瑩微光，卻保持在恰好的振幅裡。在未開口之前，他們甚至沒有沾染到三維世界的質感。李盼再次感覺到那種肅穆，她意識到自己在注視他們的時候，情感受到劇烈的震盪，不由認真地思考著究竟要失去什麼才能得到他或者她，這種平靜的慾望讓氣氛變得認真。她不得不做些什麼，才能使得接下來的交流成為可能。

於是她先講了一小段故事，當她看到他們的時候便想起一位同性戀朋友寫的回憶，說夏天去喜歡的男孩家裡過夜，在老式弄堂裡。他坐在馬桶上大便的時候，男孩進來洗澡，他們隔著簾子聊天。他覺得很不好意思，也沒有辦法真的大便，就只是坐在馬桶上聽他講話。後來他們都洗完澡，他便穿上男孩的T恤和短褲，去外面逛逛，勾肩搭背地走在夏天的夜晚。真美啊。像兩個男孩一樣談戀愛。

這是一個符合氣氛的故事，書面表述的時候透露著哀傷，但口訴時只要稍稍轉換幾個詞語的語調又變得輕鬆起來，甚至像是讚美。她或許有些討好靈，認為靈會對這樣的情緒感興趣，而其實她也並不清楚自己想要暗示的是什麼，顯然他們都有些茫然，卻出於禮貌對上海的老式弄堂表示出興趣。於是李盼接下來順理成章地說起旁邊的武康大廈，又問他們是如何認識的。

「第一次見面是在倫敦，一次活動之後的派對上。是我先看到她的，立刻和朋友打聽她是誰，這個女孩太美了！第二次見面是我們走同一個秀，排隊的時候她在我後面，我就轉身問她是不是中國人。但是也沒有再講話，她可能不認識我。走的時候在門口遇見，隔著一條馬路我朝她招手她應該是看見了。」

「哦我當然認識他！在去派對之前得知A也會出現，我的好幾個朋友都瘋了，他是她們所有人心目中的男朋友。第二次見面他問我要了電話號碼。但我們沒有打電話，也沒有見面，只是互相發了一個月的短信。」

說完這些以後肅穆已經被完全打破，幾乎是毀壞性的。採訪總是極端殘忍，因為它勢必在一種慣例中進行，目的是把眼前的對象拉回人們熟悉的日常維度，讀者更願意閱讀情理之中的叛逆，點綴一些溫情和一些沉重，哦，如果那些復讀式的玩意也能被稱為沉重的話，人們可能需要大量的沉重。

於是接下來他們聊了聊異地戀，未來打算，社交網絡，家庭干涉（看起來靈的父母對這段關係並不滿意），樂隊，更新的日本動畫劇集，青春的煩惱。A出去抽了兩趟菸，這幾乎是一天裡他們唯一分開的時刻。他們都沒有喝酒，而是像真正的年輕人那樣，大口吃了很多東西。李盼很清楚應該強調哪些細節，在哪裡截斷，在哪裡鋪墊，她甚至詳細記錄了他們吃的食物。她喜歡用名詞做適當的羅列，然而那些被破壞之前的東西，那些被具象以後依然頑固存在的抽象物質，是無法溝通和記錄的。

採訪結束以後，靈說朋友們正在火鍋店等他們，麻辣鍋底，新鮮鴨血，剛剛炸好的酥肉。工作完成以後和朋友們一起吃火鍋，確實，此刻誰都想不出什麼比這更值得期待的事了。

對於李盼來說這將是一篇失望的文章，和她之前其他的文章一樣，提供了一些旁人不知道的細節，補充了他們邊界之內的想像。而那些重要的部分呢，比如被他們所定義的美或者年輕本身。因為這些模糊到無法書寫的部分，她回到家裡也無法立刻休息，感覺到了震懾和久違的迷惘。

中間還有一個插曲。李盼在回家路上接到一位老朋友的電話。老朋友非常禮貌地問候了她，說起他們過去常常光顧的居酒屋，他竟然回到了上海。他們曾經是經常往來的朋友，幾乎每個月都有兩三次喝到凌晨，攜手走在四季分明的馬路上。那是十年前，卻感覺時間過去了很久，像是足足有二十年，或者更多。當時老朋友去中部的山裡，往返幾次，便再也沒有音訊。中間曾經給她手寫過一次信件，說起他在山裡的生活和他的師傅，沒有強調安靜或者自由，至少沒有在信裡提及。隨信附上的是他寫的詩或者像詩一樣的片段，瘋狂累疊，所以他給她留下的最後印象是語無倫次和痴癲。之後她也從文清那裡得知，這位老朋友在山裡被大麻搞壞了腦子。

老朋友的聲音再次出現在電話裡變得非常陌生，他向她抱怨說那間居酒屋的老闆不再進麒麟的生啤了，而他非常不喜歡朝日。他們過去喝的都是麒麟生啤嗎？光顧過那麼多次，她從來沒有注意過這件小事。然後老朋友試探地問她要不要乾脆現在一起喝一杯呢？他的語氣裡有種奇怪的言下之意，讓氣氛發生了微妙的變化。然後他在停頓間留下一串尷尬的「哈哈哈」，之後便是長久的無法彌補的沉默。可能是因為他說話的方式，也可能因為李盼本身不喜歡敘舊，她幾乎感覺到了冒犯。

掛了電話以後，她卻想起來，她曾經對他懷有深重的感情，她和當時的男友、文清，以及這位老朋友一起，度過了很多年輕且美好的時光。然後她又想起一個冬天，上海突然降溫，他們三人結伴去老朋友家裡找他，他住在打浦橋附近，他們敲開他的門，把他從床上叫起來，他在房間裡沒有找到秋褲，便套了兩條牛仔褲。隨後他們出門走一段路，去雜誌社樓下吃盒飯。所有的人都很瘦，吃得很多，睡得很少。

他們在同一間雜誌社上班，分屬不同的部門，當時雜誌剛剛創刊，每月有一百頁的特刊。他們想做一篇關於崇明島的文章，為什麼突然對崇明島感興趣，領導又怎麼會同意，現在都想不起來了。但是結果沒有人真的去了崇明島，那一個星期他們照舊在傍晚醒來，興致勃勃地去上班，然後分頭杜撰，拼湊出一篇幾乎沒有根據的文章，一萬字。他們說到了短暫停留的候鳥，尚未造好的跨海大橋，夜間的銀河，荒廢的公園，既浪漫又深情。

回到家裡李盼試圖工作了一會兒，但是面對打開的文檔，不明所以的困惑變得更加強烈，她不得不給文清打了一個電話。

「你後來去過崇明島嗎？」

「崇明島，去崇明島做什麼？」

「沒有什麼，就是想起來我們很早以前寫過一篇崇明島的文章。」

「想起那些幹嘛？我後來也沒有去過崇明島。」

然後李盼和文清聊起了那位老朋友。

「他也給你打電話了嗎？」

「沒有啊，但是他兩年前就回來了，他沒有找過你嗎？」

「沒有。你怎麼不告訴我？」

「他賣茶葉發了一筆財，然後又來問我借錢買一輛可笑的跑車。」

「哦。這樣啊。」

「我的意思不是說那輛車可笑，但是你能想像他坐在那輛車裡嗎？他大概是我認識的人裡面中年危機最嚴重的了，年輕女孩都覺得他是個失敗者。」

「可能只有我們才會覺得他是失敗者，年輕女孩知道什麼叫失敗嗎？」

「現在的年輕女孩可能知道。我想。」

第二天，靈和A都離開了上海。他們先去了希臘，在海邊為另外一本雜誌拍攝封面，靈在社交媒體上發了一張A的照片，他的身後是一個足球場，靈寫了一句話——「少字當頭」——後來被李盼用作了文章的標題。之後他們經歷了短暫的分離，靈在倫敦時裝週走完二十一場秀，是那年香奈兒秀場上唯一的亞洲模特。A回到哈爾濱，完成了一部電影的收尾工作，導演是李盼的一位同齡朋友，私底下她認為他是國內最好的導演，多年來他始終想把波拉尼奧的《荒野偵探》搬上銀幕，但可能也只是說說。不過他這次確實寫出了很好的劇本，A演一個重要的配角，男主角是陸。後來陸因為這部電影在歐洲得了重要的獎，但這是後來的事情了。

李盼寫完採訪稿件以後發現，她在文章中不知不覺使用了太多「年輕人」，幾乎以強調的語氣，終於在自己和年輕之間劃出一道線。

兩年以後，文清的雜誌因為運營狀況不良宣布閉刊。在此之前，媒體集團老闆在酒店套房爆出性醜聞。從流出來的照片裡看，他穿著睡衣，坐在沙發上，在李盼看來並沒有不安或者猥瑣，卻有種迷惘混合著吃驚的神情，甚至是天真的，給人留下了一些額外的印象。朋友們紛紛感慨一個時代的結束，但其實這中間大部分人在此之前便已經退出，或消失遠離，或投入便捷的新興行業。聯絡人變成了一些年輕的新面孔，既禮貌又傲慢。他們多半野心勃勃，卻陳詞濫調，認為自己錯過了新鮮散漫的世紀初，生長於一個壞的時代，便理所當然對一切心懷不滿。

李盼和文清約在很久沒有光顧過的居酒屋見面，十年過去了，這間居酒屋沒有倒閉，沒有搬遷，沒有擴建，把時間變成了一截固體。熱情朗朗的小劉也還在，為她們保留了靠近料理台的位置，她們喜歡隔著玻璃看裡面的師傅操作食物，身邊擺放著堆疊起來的生啤罐。李盼看了看酒單問老闆為什麼不再進麒麟的啤酒，老闆說早就換回來了，不過沒有換菜單而已，這就是麒麟的啤酒。不管怎麼說，她們喝完了手邊的啤酒，換成了威士忌兌蘇打水。生意不好，不到晚上九點，只剩下寥寥的兩桌客人。食物嘛，沒有變得不好吃，但是除了臨近冬天的季節菜單，也沒有再新添什麼。

「不知道你聽說沒有，靈和A分手了。」

「沒有啊，什麼時候的事情？」

「可能是半年前。他們沒有對外宣布過，但是社交媒體上總會留下些痕跡。同事去巴黎出差的時候和靈見了面，也得到了比較確定的回答。」

「你還記得當時我們採訪完，花了很長時間討論他們的未來。因為兩個人實在都太年輕的緣故，所以在一起，或者分開，都感覺不對或者無法想像。現在一旦有了結果，不論是哪一種結果又都彷彿非常正確。像是鬆了一口氣，連帶著世界的秩序也恢復了穩定。」

「上個星期靈發了一封郵件給我，說她和經紀公司的續約已經到期，未來兩年的個人計畫以學業為主，不再續約。怎麼說呢，也不僅僅是年輕，而是這兩個人的身上彷彿都分別承擔著完整的未來。」

「你的未來有什麼打算？」

「雜誌倒閉以後會有一筆補償金，所以暫時也不打算幹嘛。你還記得嗎，三年前我們雜誌拍了一個賀歲視頻，花了很長時間排練，最後拉了一個七分鐘的長鏡頭，所有人都出現在裡面。剛剛創刊那會兒當然最自由自在，我們又都年輕到不可思議，生活和工作都在一起，建立著小小的精神部落。但其實三年前對我來說才是最好的，確知了自我，擁有了經驗，還有足夠的空間去伸展，沒有邊界，自信滿滿。像是終於收拾好行囊的人，走了長長的路，正要去征服一面了不起的山，空氣清冽，眼前即將鋪展的也肯定是一片好得不得了的風景。」

「是啊，誰能想到呢，等來的竟然是末日風景！」

「哈哈哈，是啊，誰能想到，成為了見證衰落的一群人。那個長鏡頭，在鏡頭裡面的每個人都以為序幕已經被拉開，我們很快就要站到高處，媽呀，真是高燒一樣的幻覺，現在想起來我都要哭了。」

「唉。」

「我前幾天處理辦公室裡十幾年前的雜誌，翻出來崇明島的那期。」

「崇明島那期我也留著。據說頂樓的馬戲團要解散了，剛剛想起來他們唱過崇明島啊。」

「我能背得出歌詞——『所以朋友儂勿怕，就算有一天阿拉真的一無所有，阿拉還可以去崇明。儂看我就一點也不怕，就算我真的一無所有，我還可以去崇明』——但是他們為什麼要解散，真是壞消息不斷。」文清說著從包裡掏出一本新的雜誌，將是歷史上的最後一期。

十五年前創刊時的刊首語被重新印出來，雖然寫在本世紀初，如今看來卻彷彿是上世紀的遺言。出刊之前這段刊首語便已經在網路上被反覆轉載，然而過度歌頌天真的意義多少令人感覺是哪裡出了差錯。封面是電影演員陸，他擔任主演的電影剛剛在歐洲重要的電影節上得了最佳電影和最佳男主角（便是前面提到的那部A回到哈爾濱參與完成的電影）。在此之前很長一段時間，陸沒有拍過電影，卻參與了好幾部話劇的演出。事後大家才紛紛稱讚起導演的選擇，因為導演把A放在了配角的位置，卻再次挖出了陸。一個逆流而審慎的決定。

李盼曾經和那位老朋友一起看過陸出演的話劇，在陸的第一段獨白之後便猝不及防地流了淚。李盼後來在採訪過程中將自己的這段感受告訴陸，他顯得有些高興，但並未多做回答。

但不管怎麼說，李盼喜歡這部電影。它不那麼好笑，不那麼荒誕，也不那麼悲傷。很美，卻又不嫺熟。每處都欠缺一些，卻就是如此，尷尬到了迷人的地步。她錯過了電影院的上映時間，非常後悔，之後看完碟片，她坐了很久，感覺人生更漫長，也更無聊。可能是因為這個原因，李盼再次打破了自己的原則，接下了陸的採訪。這是一個兩天兩夜的跟蹤採訪，是陸獲獎以後接受的唯一一個專訪。

當時陸剛剛從電影節回來，中途和朋友在歐洲待了一段時間，但是獲獎的消息已經在國內轟動，他不得不提前結束假期。公司安排他住在半島酒店，李盼的房間和他在同一個樓層，第二天就要在這裡為他召開慶功宴。陸的狀態不算好，他在相對平靜的間隙中停留太久，有種面對成功的木訥和疑慮，在頭一天輪番的群訪初期，表現得像被突然推到聚光燈底下的新手，既慌張又傲慢。但他確實是一個非常好的演員，一旦他意識到此刻他需要扮演的是一個得獎歸來的角色，便開始把成功當作素材去處理，周圍的人群對他來說也就變成了鏡頭般的存在，是現實與虛構的互相映照和反射。李盼作為旁觀者驚訝地目睹了這種變化。陸先是模擬出恰到好處的倦怠情緒，彷彿記者們重複的提問都令他感覺困惑，同時他又表現出極其具有疏離感的禮貌，彷彿他對當下的世界興致全無，卻只是出於尊重而忍受著。隨著時間的流逝他的表演越來越熟練，用肢體的細節和語言的停頓，在適度的天真和適度的警覺間切換，記者們被他的情緒牽扯，成為了坐在舞台下猝然流淚的人群。不得不說，陸非常善於在他人內心喚起某種極端脆弱的感情。他甚至在他人提問的間歇，扭過頭來詢問李盼的意見，不僅將她納入為表演的一部分，還用這種方式與李盼之間建立起微妙的信任，彷彿知道這正是李盼需要的。

第二天白天，陸都在房間裡沒有露面，直到傍晚時分他來找李盼，一起去江邊散步。陸穿著一件舊的夾克，和路上常見的普通男人沒有區別，介於青年和中年之間，但他流露出的平凡卻彷彿是一種經過努力之後才獲得的東西。當李盼問起他入行時的青春記憶時，他回憶起SARS期間一場平淡無奇的飯局。他剛剛從戲劇學院畢業，生活和事業都絲毫沒有起色，和兩個日後也變得非常有名的導演在路邊小攤喝啤酒。當時北京彷彿戒嚴般空空蕩蕩，籠罩在疾病的陰影之下，年輕人卻因為可以理直氣壯地無所事事，度過了一段事後想來空白清澈的時光。他竭力回憶他們之間的交談，用書面語的方式複述給李盼，儘管是在講著自己的事情，卻像是清楚地理解李盼內心。而江邊的風很冷，他們挨得緊緊地走路，走到碼頭盡頭的荒涼處再折返。李盼始終捏著口袋裡的錄音筆，卻自始至終都沒有想按下錄製鍵的願望，彷彿錄音筆的紅燈對於此刻兩個人之間虛構的小小宇宙來說也過分耀眼，她希望如此易碎的時光能夠延續更久。

他們匆匆趕在慶功宴之前回到酒店房間時，工作人員都在等待，一旦陸出現，所有人都像小行星一般起身圍繞著他旋轉起來。陸把李盼留在身邊成為了某種意義上的見證者。他在化妝，換衣服，吹風機持久的嗡嗡聲帶來奇異的平靜。而此刻的房間外面，所有記者、他的同事、年輕時候的朋友、影迷、家人，全部都在等待。正如所有浩大節日的開場之前，瀰漫著惆悵和緊張的氣氛。陸不斷繫著領帶，又鬆開，然後轉頭問李盼：「這條領帶會不會太嚣張？」

李盼的文章便以這句話作為開始，然後她詳細地描寫了接下來的宴會，每個人的情緒，交談和歡呼。陸被不斷帶到不同的桌子上，所有人都如同身處一場巨型的夢。李盼將這場盛宴與世紀初路邊小攤上的交談交織寫在一起，形成一個深邃曲折的時間洞穴，其中容納了九〇年代的記憶，北京的變化，模糊的片段的情感經驗。直到最後，陸坐回到李盼的身邊，取下領帶放在口袋裡，在漸漸已經與他失去關聯的喧鬧聲中，直接倒頭睡了過去。

文章至此結束，沒有任何議論、旁白或者多餘的場景描寫。李盼至此才意識到，從傍晚江邊的散步開始，便是一場漫長的鋪墊，所有的歡呼、燈光以及失真的氣氛，都是為了最後，陸睡倒在執筆者身邊，成為了永恆缺席的主角。而任由李盼再如何努力，也無法回憶起在所有表演開始之前，陸是否曾經有過真實的面貌，而這也是她第一次質疑起真實對於人生的意義。

文清沒有立刻刊發這篇文章，電影獲獎的風頭很快就過去，人們開始談論其他事情，她卻似乎在等待著什麼最好的時間，彷彿她早有預感，絕對性的告別將在不久之後到來。

「這是你寫得最好的一篇文章。你以後大概也無法再寫出這樣的東西。由於過分喜歡，幾乎到了捨不得和你談論的地步。你像是在用最精確的句子描寫最模糊的事物，還有一種非常難得的隔絕情緒。他是一個太好的演員。他喚醒的不是大面積的抒情，而是流動在細微縫隙間的物質。即便作為讀者，最終也希望他能成為自己的映射。而他不過是在為離場做著宏大的準備。」

「呵。我應該是差點愛上他。」

「我早該想到的，這麼多年以後，你還是喜歡這樣的人。」

「什麼樣的人。」

「各式各樣的造夢人。」

新年到來前，李盼和朋友們去看了頂樓的馬戲團的演出。解散的傳聞被確定是假的，但其實在之後的一年，他們真的解散了，同時文清雜誌所屬的大型媒體集團也宣布倒閉。不管怎麼說，當時的李盼並不知道，她和朋友們吃了火鍋，喝了啤酒，來到新建成的演出中心。與其他很多演出不同，門口等待的人群並不那麼年輕。她見到了幾個多年未見的朋友，大家也談不上有多大的變化。她原本以為會在這裡見到那位老朋友，其實並沒有。

暖場樂隊叫「湯姆上校」，新樂隊。李盼問身邊的朋友有沒有聽過——「沒有聽說過唉。是不是大衛·鮑伊在〈太空怪人〉裡呼叫的湯姆上校啊。」這樣說著，她在舞台上看見了靈。將近三年的時間，靈自然發生了一些變化，卻一時間無法明確描述。可能因為李盼還處於某種震驚中，在她被局限的思維裡，靈理所當然和大部分曾經閃光的年輕人一樣，分手，事業終結，銷聲匿跡。

靈在舞台上調整麥克風的位置，與鍵盤手和吉他手用小小的手勢交流，她的從容和冷靜幾乎讓旁觀者完全忽略了她的美。而剛開始，李盼甚至還有些擔心，她擔心音樂響起的瞬間是造夢的終結。

但是，天哪。

第一段音樂響起時，躁動的人群安靜下來，聽覺帶給身體的想像，如同波光粼粼的水面不斷震顫出的幻影。接著傳來靈的歌聲。她的浪漫裡夾雜著恰到好處的譏諷和俏皮，卻在幾個轉折後形成一個小宇宙，彷彿帶領眾人來到林間空地，被樹林深處的大風包圍。

「太好聽了。」身邊的朋友隔了很久才說。

「是啊，太好聽了，想要喝醉了以後在空曠的地方聽她唱歌。」

接下來他們卻都沒能堅持到頂樓的馬戲團演出結束，正式演出持續的時間太久，他們開始感覺疲憊，失去了耐心。慢慢地有人說不如去後台等他們下場，打個招呼，或者再去吃頓燒烤。李盼隨著大家往後台走，音樂聲被遮蔽以後，貝斯還在震動她的心臟。靈從走廊裡迎面走來，她的頭髮長長了，背著書包，朋友們卻都停下來，直直地看著她，無法動彈。李盼思索著什麼與美無關的事情，突然意識到，唉，從來沒有見過靈在人群中。

後來沒有人去吃燒烤，朋友們在路口告別。李盼走在回家路上，想起來今晚沒有聽到崇明島的歌。十幾年前，當時也在雜誌社工作的男友終於決定去英國念書，分開以後，那位老朋友邀請李盼和他一起去崇明島游泳。他們穿著泳衣，又在泳衣外面穿了牛仔褲和T恤，照著那篇杜撰文章的路線，傍晚出發，坐了很久的公交車，又坐了很久的渡輪，真的到了崇明島。那班渡輪停錯了地方，也可能是他們坐錯了渡輪，下來以後是無盡的防洪堤。夜晚，確實看得見銀河，也有蟲鳴。他們脫掉了牛仔褲和T恤，各自穿著泳衣，背著書包，走過長長的一段路，真開心，真自由。他們希望以後都能這樣走。

二〇一六年九月

基本美

致遠得知洲的消息時，距離洲的過世已經過去了一段時間。傍晚，致遠與單位的年輕人打完一場籃球，接著他們興致勃勃要去燒烤攤喝一頓，慶祝其中一個人的生日。致遠推辭說要工作，像往常一樣繼續待在辦公室裡。過去的幾年裡，他待在夜晚的辦公室，要說都在做什麼，可能只是製造了一些空白的從屬物。這所國營單位陳舊到了肅穆，龐大的家具彼此擠在一起，氣喘吁吁，動彈不得。玻璃櫃，文件，春聯，水房裡的鍋爐。在白天象徵著遲滯的權力，夜晚卻喚起穩定和深邃的氣氛，持久的疲憊之後絕對的平靜。

「以前住的地方有社區游泳池，夏天暴曬，蹚過消毒水池子往泳池走，漂白水味道很重，地磚燙到不行，踮腳踩在上面一路跳過去，卻可以感覺到宇宙中有些是永恆。」洲曾經有一首歌關於舊社區裡的游泳池。

便是這種類似的永恆。

每天，致遠在深夜的單位遊蕩，穿過黝黑的走廊，彷彿漫步於廢棄的艙體，聽到近似寬慰的衰老心跳。這是被倖免或者倖存下來的寧謐。然而倖免或者倖存，如今這兩者邊界模糊，也很難確切描述。然後他坐回辦公室的隔間，重新打開那條隱匿在信息流中的布告。

據說是洲的家人用他的社交帳號發布的，修辭手法嚴肅過時，沒有透露出私人痕跡和他過世的原因，彷彿在與這位家庭成員賭氣。配合著洲的頭像，一隻反戴棒球帽的表情詫異的獅子，有種譏諷和傷感的效果。致遠曾經從洲偶爾的描述中推測，他出生於香港一個普通的知識分子家庭。父親早年是作家，年輕時得過重要的文學獎，但出於憤世嫉俗的性格早早便主動拋棄了寫作。中年時做過很多意想不到的事情，家裡破產過一次，把家人搞得團團轉。現在借款辦了一所培訓學校，洲的媽媽和姊姊幫著一起料理學校的事情。但父親雖然暴躁無常，家裡卻始終有著自由鬆散的氛圍，大家庭一起在亂哄哄的生活中掙扎，也是無限的歡樂。只有洲沒有參與家庭的事業，性格也沒有得到遺傳，相反，從青年時代起便很懂得自律帶來的好處。

致遠迅速瀏覽下面的評論，過濾掉大量謾罵。如今的年輕人習慣使用簡陋的譏諷和粗糙的重複來發洩情緒。暴戾，野蠻，簡直令人恐懼。致遠非常肯定他們從沒聽過洲早期的歌，要不然就是他們根本不曾有過年輕的心。也有更多哀悼和猜測。再鏈接到其他篇幅不一的回憶，來自於他的朋友、同事，和跟隨他多年的歌迷。這樣拼湊出籠統的信息。

洲沒有死在香港——不是唱過，「死也要死在我美麗的香港嗎？」——而是在柏林。雖然是異國他鄉，卻是一個從字面意義上來說缺乏想像力的地方。結果媒體的報導也千篇一律地乏味和惡意，彷彿在暗示著故意隱藏起來的真相。毒品。抑鬱症。桃色新聞。財產和版權糾紛。

不是這樣的！致遠感覺到心中的哀鳴。即便人們藉口說他人的內心世界是幽深到不可被探知的黑暗，致遠也清晰地知道，不是這樣的！一想到自己曾經是這個行業鏈條的一部分，即便是一顆從未被擰緊的螺帽，他也感覺自己不能被原諒。連同對無能為力和不遂心願的維護和辯解都不能被原諒。

二〇〇三年，致遠來到北京參加單位培訓，是他第一次離開中部小城。清晨從長途車站出來，在單位安排的招待所放下東西以後，就按照約定從上地坐了兩個小時公交車來到香山附近的搖滾音樂學校，和高中同學見面。秋天，車上擠滿去音樂節的年輕人，車窗全部開著，氣氛出奇熱烈。那天是音樂節的第三天，人群有種狂歡接近尾聲的疲憊和傷感。他自己也很累，卻沒有能夠在說好的時間找到同學，看到食堂的師傅在門口賣六塊錢一份的盒飯，便買了一份捧在手裡往裡面走——驚呆了，小小的廣場上大概有一萬個年輕人。

致遠待在人群的外圍，但是風很大，把舞台上的聲音也吹得東倒西歪，像斷斷續續的聲浪，於是他不自覺地往人群裡走。中間被突然瘋狂起來的人撞倒了一次，又很快被拉起來。人們都很友善，菸遞來遞去，遞到他這裡，他沒有抽，又繼續遞了下去。遠遠地有人把成箱成箱的啤酒運進來，陣勢彷彿在運送洪水時的救災物資。女孩們都很好看，發著光，怎麼會有那麼多好看的女孩。世界真好啊——致遠幾乎已經產生這樣的想法，倒不是說以前沒有過，然而那種漂浮般的強烈開心確實是頭一遭，空氣裡的荷爾蒙都是致幻劑。

音響的效果時好時壞，大家也沒有很放在心上。致遠記住了兩個樂隊，一個主唱的聲音動聽嚴謹，非常適合露天的場子，甚至令致遠動了想要抽支菸的念頭。另外一個用方言說了髒話，帶領大家一起喊，調音台立刻把他的聲音調小了，但他嗓門極大，致遠站在後方也聽得清清楚楚。

等到洲的樂隊出場時夜晚剛剛降臨，燈卻還沒有亮起來。這支香港樂隊第一次演出，只是作為暖場，沒有人聽說過他們，所有人都在等待後台最後登場的壓軸樂隊。疲憊的年輕人暫時安靜下來，坐在泥地上，養精蓄銳。說實話，如今致遠根本想不起第一次看到洲演出時的具體情景。他表現得羞怯謹慎，聲音都被貝斯掩蓋，走調嚴重，唱的是粵語，沒人聽得懂。但是他有種冷靜的自信，即便被漠視，也確定自己在做正確的事情，並且理應得到尊重——只有在致遠回想起來的時候才會意識到，很少有人能夠在那麼年輕的時候就擁有這種品質。洲從當時便決定了自己人生的基調，包括髮型和穿著，他只穿牛仔褲、網球鞋、深色的T恤或者襯衫、連帽運動衫和一件跟隨他多年的飛行員夾克。後來在北京的雪天，他也只穿這件夾克，像個精神抖擻的士兵。到了事業的巔峰階段，他更加嚴苛地遵循自己的規則，只在一次頒獎禮上穿了西裝。

洲和樂隊的演出剛剛結束，正往舞台下面走，舞台上所有的頂燈都亮了起來，夜晚真正的主角登場，小廣場沸騰。致遠被人群裹挾著站起來，湧到這裡，湧到那裡。燈光太強烈了，接著是聲浪和荷爾蒙的襲擊，人群往舞台上擠，後面的人托著前面的人的屁股。致遠突然渾身冒冷汗，快要昏倒。他後悔沒有在洲演出的時候離開，現在則無法挪動，只好求救於身邊的人想討口水喝，他們遞給他一瓶燕京，溫的，他咕咚咕咚地喝完了。這是他記憶中第一次喝酒。

「謝謝啊！」他不得不扯著嗓子喊。

「這是共產主義！」那邊的一個男孩也扯著嗓子喊。

「啊？」他也不知道自己聽清楚沒有。

演出持續到深夜，周圍沒有居民區，旁邊是高速公路的入口、加油站、工廠。這裡是一座荒島樂園。散場以後致遠才意識到他沒有辦法回到市區。高中同學說他和電影學院的幾個朋友租了香山近郊的農民房子，很多人都這樣做，連住三天。但是他的手機早就沒電了，沒有辦法找到他們。他要去廁所，廁所全部堵住了，情況很糟，他和其他男孩一起站在外面撒尿。然後又回到廣場，人群漸漸散開的廣場上都是垃圾，他尿完又渴得不行，在垃圾裡找到一個幾乎沒有動過的礦泉水瓶子，還是滿的，打開喝了起來。突然有工作人員跑過來說可以去大廳睡覺，於是致遠跟著其他人往舞台背後走，來到儲藏室和排練廳，已經有很多人席地而坐。他找了一個合適的位置坐下來，然後側身把頭枕在雙肩包上，聽周圍的人講話。他們在談論音樂、學校、西方世界、馬克思主義。

致遠睡著了一會兒，又凍醒。環顧四周，周圍像一個不可思議的夢。他看到自己非常喜歡的吉他手在不遠處和其他人聊天，旁邊的男孩打著呼，手裡握著《燦爛涅槃》。但是北京的秋天涼得太快了，外面繼續颳著大風。他只穿著短褲和襯衫，冷，而且餓得不行，不得不離開這裡。

外面，工作人員已經完成了清掃，他穿過一堆堆黑色的垃圾袋，像走在陌生的黑色小丘間。

致遠走了很遠的路，穿過一整片荒地，一段鐵軌，找到通宵營業的網吧，裡面很臭，但是暖和，而且有食物。他吃了泡麵和雞蛋。在打遊戲的間歇，不斷刷新論壇頁面，閱讀各種人寫的音樂節流水帳。搖滾，愛，和平。感動。相約下一個未來的年。

接近清晨的時候，他看到洲的ＩＤ，打開以後，是一份明快的清單，認真地給主辦方提意見，列舉了音樂節有待改進的地方，都來自於他的親身經歷或者觀察。比如說應該多安排流動廁所，帳篷區域增設一些過濾水龍頭，場地裡禁止玻璃瓶裝的啤酒，晚上和早晨都設置往返市區的接送巴士，安排一些站點，可以適當收費，等等。最後的一條他寫的是：「希望明年場地上空可以飛一個飛艇！」

哈哈哈哈。致遠笑著，卻從心裡感覺到隨之而來的強烈熱情。這份清單禮貌得恰到好處，能體會到執筆人的一些不滿和委屈，卻一點不生氣，有種少見的開朗勁頭。字裡行間因為飽滿的自信和認真而閃閃發光。從白天到夜晚，致遠感覺到飄浮的自由，美好和振奮的一切即將發生，但同時他又感到疑慮，他和小廣場上的年輕人是一樣的嗎，他們所渴望的未來是同一個未來嗎，他信任他們所創造的那個未來嗎，他是否也會參與其中？但是洲寫下的這份清單裡卻有種清晰確鑿的東西，是自由的主動性——好想和他成為朋友啊！

致遠想起大學裡思政課本上的一句話：「青年在改造客觀世界的過程中，也改造了自己。」致遠把這句寫在站內信裡發給了洲，打字的時候同樣相信著，此刻自己的熱誠，對方也一定可以感受得到。一分鐘以後致遠便收到回應，洲在信件裡面表達了第一次與大陸年輕人交談的振奮，並且詢問了大陸到底有多大。雖然無法回憶起更為具體的內容，致遠卻記得繁體字所帶來的陌生感，以及開頭第一行寫著：「朋友，你好！」

接下來的一年，致遠依然居住在小城，在一所中等規模的國營書店負責音像產品的宣傳。實體唱片行業正在急劇縮水，所以致遠的工作成為了衰亡的見證。然而他並沒有感覺自己的年輕正被無意義所消耗磨損。相反，他穿過辦公樓過道，推開通往倉庫的門，想像自己正走在一段寂靜的實體化的歷史中。同齡的朋友或者同事都積極地生活著，像遷徙中的魚群，湧向某片龐大而不明確的流域。致遠卻不為所動。他不清楚自己要做什麼，或者成為什麼，又似乎相當清楚，在每天重複到被質疑和瞧不起的生活中搭建著什麼堅固的東西。

意外的事情有兩件。第一件是和洲成為了某種意義上的朋友。他們論壇裡交換過幾次站內信之後，這種情況竟然出人意料地持續了下去。兩個人喜歡差不多的樂隊，卻沒有像平常的歌迷一樣交換心得，大概雙方都覺得音樂觀念是比感情觀念更私人的東西。倒是定期交流著最近在玩的遊戲。ＰＳＰ剛剛在香港發售的時候，洲淩晨就去排隊了。之後致遠也買到了一台二手的ＰＳ２。兩個人都喜歡平井一夫，約定有朝一日去索尼發布會的現場。

「如果樂隊做得好的話，或許可以去日本的音樂節，這樣終有一日平井一夫會邀請我去演出吧。不知道為什麼總覺得他會喜歡我的音樂唉。哈哈哈。」這樣的願望，之後被洲寫成一首歌。

確實不是什麼不可能的事情。音樂節之後不久，洲在香港發行了第一張唱片，封面上是一個穿著毛衣坐在書桌前認真吃雞蛋的女生，名叫艾瑞卡。很多沒有聽過歌的人以為這是來自於香港的女生樂團。連洲自己都沒有想到，這張唱片很快在大陸的一片有限範圍內紅了起來。可能是因為本地青年的原創精神普遍野心勃勃，營造出表面頹喪，實際積極和緊張的氛圍，卻猝不及防地在洲的音樂裡遭遇一個暑假，每個人都踮腳走在曬到發燙的游泳池邊的地磚上，消毒水，冷飲，穿泳衣的女生，感覺到宇宙中的永恆。大部分人都聽不懂粵語，卻能立刻被洲近乎嚴肅的輕盈打動。

致遠工作的書店也進了一些唱片，為數不多。起初他把它們擺在顯眼的位置，希望它們賣得好些，過了一段時間有顧客特意來買，致遠又把唱片挪到了不容易被發現的地方，希望它們不要突然被那麼多人知道。現在回想起來，這麼多年裡，雖然不知道平井一夫是否聽到過洲的音樂，洲卻去日本參加過富士音樂節，也曾經在紅磡體育館演出和領獎，穿了正兒八經的西裝。

謾罵自此沒有暫停過。洲的弱點在於音樂做得過分簡陋，沒有唱功可言。和大部分從大學裡開始做樂團的人一樣，一旦發行專輯，不專業性就被無窮放大。對此洲也沒有反駁，認真地接受了下來，卻絲毫沒有在這方面表現出任何上進心。當時在北京的音樂節上同台演出過的樂隊都看不起他，認為他既沒有對音樂的尊重，也沒有對世界的憤怒和擔當。然而致遠的想法卻和他們截然相反。這張唱片撼動了他，將他固有的一些標準擊碎。雖然洲唱的也是中文，寫的也是中文，卻始終像是在使用另外一種語言，描述另外一個世界。不排他，不污濁，不憤怒，不傲慢，有著青年身上少見的對外界的參與感，以及置身其中的熱烈的同情心。

這樣的人為什麼會想和自己成為朋友——當時的致遠常常懷有這樣的疑慮。

洲的唱片發行以後，搬到南丫島居住，只有排練的時候才和樂隊的朋友見面。他在站內信裡描述最近家裡樓下新開的比薩店。去參加的漫畫家見面會。遊戲攻略。據說快要發行的新遊戲。詳細介紹番茄羅勒烤雞腿的做法，並且附上了一張配著米飯的照片。貓的近況。演出旅行中的見聞，和樂隊成員去東北滑雪，結果滑雪場裡的雪靴都是濕著捂乾的，臭得不行。

好想去洲所在的那個香港啊。不是電影裡面的，也不是ＴＶＢ連續劇裡面的。好想和洲一起去吃一次吉野家的雙拼飯。南丫島是一個島嗎，能看得到海嗎？對於從未坐過地鐵的洲來說，這是想像之外的青年生活，卻又非常重要。

致遠的站內信則更抒情一些。他故意避開日常生活的部分，說起自己久未謀面的爸。爸起初是長年駐紮在深山裡的科研人員，山裡有座火力發電站，早年的信件中，爸描述過深夜山裡爆破的場景，山是最深的綠，天是最墨的藍，坐在控制室裡，看著外面一朵一朵爆破的煙霧，是在與宇宙最深處的秘密交談，又或者是感知最深沉的召喚。他也向洲描述大陸的生活，並非都是他所經歷，他找到有趣的新聞，年輕人的小說，加上他自己大膽的評論，大段大段地發送出去。在這種描述中，大陸變成一個浪漫的詞語，是一片未知的龐大的新世界。

這樣做不是為了確定洲的友誼，致遠只是更喜歡站內信裡的自我。寂靜，酷。像一個舊世界的詩人，或者大陸盡頭的一部分。而他很清楚他本人不是這樣的，他希望這些東西能夠通過文字返回投射到自己身上。

第二件意外的事情更加重大。致遠媽終於結束了實質已經不存在的婚姻。她沒有和家裡其他人商量，坐長途車與致遠爸會合，辦理了離婚手續。然而她的前半輩子並沒有不幸，相反，她性格天真熱烈，也因此而始終得到善意，各種人以不同的方式愛她，幫助她。原本致遠以為她在了結了這樁事情之後會回到家裡，和照顧他們家很多年的叔叔搬到一起，或者結婚也不是沒有可能，儘管致遠自己並不希望當下母子間穩固持久的結構被破壞，但他已經做好了這樣的思想準備，也願意接納家庭的第三位成員。卻無論如何也沒有想到，媽沒有回家，而是帶著為數不多的積蓄，和兩個小姊妹去了西南部的小城市做傳銷。自此以後，與除了致遠外的整個大家族切斷了聯繫。

這件事情帶給致遠意想不到的劇烈振盪，晃動了他堅固的邊界。不是因為錢或者信任的問題，雖然親人們都認為媽陷入了騙局，致遠卻並不擔心這個。她和同齡人不一樣，他也是，他倆卻都以自己的方式平凡地生活。而她突然破壞了與世界之間的隔斷，讓他覺得人生好似一場永無止境的抉擇和愚蠢的難以避免的力爭上游。而且他沒有辦法救她。她對他也同樣無能為力。

「既然變成了孤兒，不如就趁此機會來北京吧！」洲在聽說他的遭遇以後這樣說。緊接著又發來兩張照片。一張照片是他在南丫島上的家，一間樸素的小屋子，拉著窗簾的緣故，依然無法判斷外面是否是海。另外一張是政府要拆除服務多年的天星碼頭時，市民上街遊行的照片。洲和朋友們在一起，坐在天橋上，背後是防暴警察。那一年中環舊天星碼頭還是如期拆除。之後不久，洲來到北京。

「之前幾次來北京都覺得這裡的氣氛讓人震撼，講不定是可以伸展的地方。而且也是因為你的緣故，可以看看你所說的這片大陸。」

「哎別這麼想。我始終在說的大陸風景大概也是虛構，別讓你失望了。」

「不要緊。至少北京有種龐大的美。作為渺小的族群，想要看一看。你不這樣想嗎？」

「我和你不一樣。渺小的我在北京講不定活不下去。」

「有什麼不一樣。你比我更討厭世界嗎？」

不不不，不討厭世界，為什麼會給洲留下了討厭世界的印象？致遠想。這個世界再污糟也沒有討厭，相反覺得四處都是有趣的地方，甚至覺得為了維護這個世界的可愛之處，無論如何都要努力才行。只是討厭自己罷了。不知道該把這樣一個毫無用處的自己置身於什麼樣的地方才是對的。

說這些話的時候兩個人正在遊戲裡一起找燈塔，翻過山頭時看到一片粗糲的海灘，低像素的燈塔在遠處閃著光。即便是在遊戲裡，也覺得美好。然後洲打出一行字——「朋友，今天就到此為止吧。這座燈塔呢，我們明天再來解決。現在把盾牌放下，讓我們站在山頂吹吹風。」

二〇〇五年，致遠在北京找到一個工作，在一間普通的音像社，一切都順利得驚人，沒有遇見任何阻礙。其實在此之前洲提議過幾次工作機會，盡其所能地鼓勵致遠，其中有一份工作是在他倆最愛的遊戲網站，幾乎是理想中的理想了！致遠卻始終無法克服一種退縮的情緒——「那裡的門檻很高，工作人員表面看起來都是宅在家裡的廢柴，其實文理皆通。」——也很難說最終說服他的是什麼，可能只是這間平凡的音像社正好出現在他脆弱的某一瞬間。

致遠到北京之後不久，洲從香港排練回來，兩個人講好在三里屯見面。這是致遠第一次去三里屯。初來乍到的一段時間裡，他快速熟悉了各種地鐵路線，去鼓樓看了一次演出。對他來說，龐大的城市生活並不複雜，不過是對電影小說以及歌詞的復刻和反覆的練習。他即將去的新公司在三里屯的背面，卻是一片普通的居民小區。他先去那裡熟悉了一下環境，找到一間小館點了水餃和汽水，然後繞過嘈雜的酒吧街，每間酒吧靠窗都擺著五顏六色的水煙，湧出污濁的音樂。然而他穿著乾淨的牛仔褲和球鞋，雙肩包裡還帶著給洲的禮物，一頂棒球帽，感覺既振奮又緊張，是來到北京以後最好的一天。

到了約定的地點，站在路口等了一會兒，不一會兒洲便出現了，穿著深藍色T恤，戴著眼鏡，有點害羞地低著頭。他比致遠印象中矮小一些，有種因為戶外運動而造成的好看的黝黑，行動矯健、果斷。和雜誌照片看起來差不多，但很不好認，大概也很少會在馬路上被認出來。沒有感覺他是一個主唱或者明星，卻像大學裡面聰明並且體育好的高年級同學。致遠心裡湧動著對友誼的強烈渴望，也因此而敏感地察覺到，比起字面的交流來，洲本人有種複雜的堅決和嚴肅。

兩個人認真地握了手，接著卻彼此都不知道如何破冰，洲說剛剛在旁邊的碟片店裡碰到了幾個朋友，所以現在大家都在一起喝酒，希望致遠不要介意。「都是非常友善的人。」他完全知道致遠的心思，立刻補充了這句話，試圖打消致遠的擔心。所以儘管致遠並沒有做好要交其他朋友的打算，此刻也沒了辦法。

他跟在洲身後，經過幾間墨西哥小飯館和幾間粉紅色的髮廊，拐進一條髒兮兮的小巷。小巷是一間酒吧的後街，外面支著一些小桌子，擠得滿滿的。很多外國人站著，握著啤酒瓶。夏夜的空氣乾淨好聞。洲很快把致遠領到一張小桌前，四五個人圍坐著，跟前堆了花生和啤酒，黑漆漆的。洲拖了把凳子過來讓他坐下來，並沒有互相介紹，但在座的其他人給他一種感覺，彷彿他始終置身其中。

洲坐在致遠旁邊解釋說，有個朋友住的地方因為違章搭建可能會被拆除，所以大家正在替她想辦法。並且提議致遠試一下這裡全北京，也可能是全世界最便宜的金湯力。

遇見麻煩的女孩叫小馬，在紐約待了很多年，但是她看起來年紀很小，不像是在美國出生，出國念大學的話年齡上也有點講不過去，不知道是哪裡人，也不清楚為什麼來到北京。致遠很快注意到這裡的人都難以歸類。他們交叉使用英語和普通話，好像這是同一種語言，因為彼此很熟悉的關係，有時候用對方的家鄉話打岔。除了小馬外，還有一個美國人，一個白族男孩，一個東北口音的女孩。他們都住在故宮以北，最遠不超過東直門的一個正方塊形區域間。因為再往外，就是不斷繁殖的規模小區和商圈。這裡是舊城與當代世界的交界處。

小馬繼續講，洲則斷斷續續為致遠補充。

先是美國人老馮租下了大雜院裡的一間，老馮是位廚師，正在籌備自己的館子。小馬看到他的屋頂有片空地，便和房東商量說能不能在那裡搭建一個小小的蒙古包，絕不會占用很大面積，廁所與老馮合用。她可以付一點錢。房東爽快地答應了，還熱心腸地幫忙一起做了屋頂的修整工作。旁邊正好挨著一棵香椿樹，所以剛剛過去的春天吃了不少香椿炒蛋、香椿豆腐、涼拌香椿。

蒙古包是從呼和浩特聯繫了廠家運過來的，真的草原蒙古包，不是鋼筋鐵皮搭起來的冒牌貨。裡面用木架做成網狀支撐，圍毛氈，再覆蓋結實保暖的外皮。頂上有個天窗。門往東南方向開，既是避寒，又是吉利。工廠專門派了工人從呼和浩特過來安裝。照理裡面可以放火爐，小馬放了取暖器，設置了無線網路。即便是暴風雪的天氣也能安然度過。

「怪我不該把媒體的朋友帶過來玩。最近城管和記者在胡同裡到處找蒙古包，也很為難。」

「但是北京城中心出現一個蒙古包怎麼樣都會成為奇觀的。」

「反正她自己也得意洋洋地拍了下雪天在蒙古包裡烤橘子的照片，放在博客上。」

「冬天烤橘子可真香啊。」

「可不是嗎！」

「警察是怎麼講的？」

「來了幾波，沒有為難我，對蒙古包也都很好奇，裡裡外外問了好些問題。但是蒙古包小小的，確實沒有妨礙到其他人，之前隔壁鄰居擔心我每天爬上爬下可以看到他們家的院子，我在屋頂裝了一個柵欄，這樣互相都看不見。警察倒是好心提醒我當心小偷和歹徒。不過違章是肯定的，到底要怎麼做他們也很為難，肯定從來沒有遇見過這樣的情況。怎麼說呢，我真是給警察添了不少麻煩吧。」

「我剛到北京的時候在大雜院裡租一間小屋子，帶獨立廁所，雖然是茅坑，但可以沖水，七百塊，老家的朋友還覺得貴得不可思議。現在這樣的也得一千多吧。」

「再早幾年，我有朋友在香山腳下租了一個農民大院，只要三百塊。」

「我們也可以搬去香山唉。小馬可以把蒙古包安在香山腳下。」

「長城腳下也可以。」

「如果拆掉的話，我不會再把它留在城裡了。我最近常常在想，講不定它就應該待在屬於它的地方。草原啊森林啊。原始，peace。但是我又不能跟著它走，歸根到底，我還是在借用城市帶來的微小的輕鬆。」說到這裡，她取出一張小相片遞給致遠，給這位新朋友看一下蒙古包的模樣。

小小的，用繩子綁得結結實實，頂上蓋著一層白雪，旁邊屋頂同樣蓋著白雪的瓦片，一棵柿子樹，一棵香椿樹。

「可能應該像游牧民族那樣乾脆些。」致遠不知道為什麼自己脫口而出了這樣的話。明明想說些別的。冬天自己家裡的老人也會烤橘子。還有他這幾天傍晚總是看到在頭頂無序亂飛的烏鴉。

「欸？」小馬疑慮地看著他，像是在思索游牧民族的處事方式是否能用乾脆來形容。她長得像古典油畫裡面的小男孩，蓬鬆的頭髮紮成一大把，穿著男生的襯衫，看起來不太好打交道的模樣，一開口卻天真和誠實得叫人吃驚。其他人也是。好像從來沒有遇見過挫折，也沒有受過任何形式的威脅，因此外部環境再嚴苛都沒有愁容。

洲沒有喝酒，也沒有抽菸，專心地喝著可樂。整個晚上他沒有怎麼說話，卻輕鬆自在，似乎天然是中心，給人一種只要他在，談話便能得以繼續的感覺。用他們的話來說，peace。而致遠則不知不覺地要了第三杯金湯力，並不是喜歡酒，但緊張消退了，他反而感覺清醒。在他們的談話間，他在這一個星期裡復刻的經驗全部作廢，以及之前所有字面理解中的城市，青年，革命，創造，意義，自由。他被全新的東西震動。意識到這是自己第一次在酒吧喝酒，也意識到這裡有一種他不曾擁有的天真。

此時外面的大街上起了騷動，人群開始往一個方向湧，但是擠在小馬路上喝酒的人似乎渾然不知，流動著一種天塌了也沒有關係的人為歡樂。一會兒陸陸續續傳來消息說馬路被戒嚴了，兩頭拉著警戒線，那段時間是治理時期，警察經常在三里屯檢查違禁品和經營許可。小桌邊的人不為所動，反而因為暫時誰也無法離開，而心安理得地繼續交談。

但是警察進來以後拉掉了音樂。致遠之前並沒有意識到這裡播放著噪音般的音樂，瞬間的寂靜顯得非常古怪。後來致遠回想起來，如果不是因為古怪的寂靜，暴戾的意識可能不會醒來。兩三個警察挨桌檢查身分證，有些例行的疲倦和冷漠，但沒有粗魯失當之處。先是老馮和洲沒有帶護照，然後小馬沒有帶身分證，其實他們都住在附近，解釋一下回去拿就好。但是洲卻突然站起來，把手腕朝上併攏起來，向站在他跟前的警察伸過去。

「我沒有身分證。怎麼樣，你們抓我回去嗎？」洲既像是失控，又像是突然站在舞台上表演了一個開場。他的憤怒很冷靜，彷彿是計畫或者排練之後，是一種漠然的練習。

「抓我們回去啊。走吧。」老馮跟上。

那是位中年警察，致遠看著他露出困惑的表情，繼而轉為被冒犯後的吃驚和憤怒。微妙的轉換讓致遠的情緒也湧了上來。但是在場所有人在那個瞬間都沒法決定接下來要怎麼辦，靜止著，彷彿都指望依靠對方的反應做出下一步的判斷。致遠的身分證已經揣在了口袋裡，當他得知要檢查以後便自然地從錢包裡把身分證拿了出來，但他為自己下意識的舉動感覺羞愧，彷彿出賣朋友。

接著那個瞬間過去了，隨之而來的是混亂的爭執。兩個年輕的警察在大吼，洲語速飛快地講粵語，老馮激動地來來回回走。致遠做了很壞的打算，但其實也沒有壞到哪裡去，可能會罰款，或者去拘留所過夜，如果和他們在一起便沒有什麼可擔心的，他甚至有點期待。身處這個小小的結實的群體讓他產生奇妙的安全感。這時候對面的小馬走到警察面前大聲說：「為什麼要這樣，大家都是為了好好生活。」中年警察吃驚地看著她，然後小馬哭了，巨大的淚珠湧出來，小孩般的臉皺在一起。致遠的心被震動，是什麼情感那麼強烈，他感覺到，卻無法理解，有點委屈，簡直也要哭起來。

「你在說什麼啊，我們也是為了好好生活啊。」中年警察突然洩氣了。這句話說出來以後不知怎麼的產生了一種滑稽的效果，出現了一個新的寂靜的瞬間，然後氣氛鬆弛下來，兩位年輕警察繼續檢查，旁邊的人也都重新變得配合溫順。和洲相熟的酒吧老闆把他拉到旁邊說話，其他人都坐下來等待戒嚴的結束。感覺甚至有些溫柔，直到對面的酒吧重新放起了音樂，警察離開了，這件事情作為一個插曲而終結，周圍和外面的一切緩慢有序地恢復了機能。大家卻靜默地坐在桌子旁邊，彷彿繼續等待什麼鄭重時刻的到來。

「想起來一件事情。」致遠略帶遲疑著說起來。

「一九九七年香港回歸之前，我在老家念高中二年級，住宿生。學校接到省裡面的任務要為七月一日的慶典做準備，派我們年級所有住宿生參加慶典的排練。從三月初到六月底，每天下午在省體育場排練兩個小時。因為學校偏遠，路上來回需要花費三個多小時，所以下午幾乎沒有辦法上課。所謂的排練其實就是隊形轉換，但是要求絕對整齊，專門派了部隊的教官來訓練我們。起初很開心啊，不用上課，每天還能領到飲料和麵包。後來天熱起來，每天卻都在重複同樣的動作，非常枯燥。我們在慶典上的表演是通過變換隊形和手裡面舉著的彩色紙板，排列出不同的字母和圖案，地上畫了各種標識，我們要反覆記住，在規定的時間走到規定的地方，直到變成身體記憶，沒有誤差。

「正式演出的那天，學校裡面的考試還沒有結束，但我們不用參加考試，還領到了新的白襯衫、西裝褲。早晨四點半在操場集合，坐大巴去了新建成的大體育場。儘管之前的一個星期都在這裡最後彩排，但是那天的一切卻嶄新到離奇，像一個建立在虛構上的平行世界。我們在準備區域等了兩個小時，上場時，鑼鼓聲和音樂帶來奇妙的真實感，能夠感覺到有龐大到不能描述的事情正在發生，我們則過分渺小，方陣中的微粒。然而想要細想的時候，這個瞬間已經結束了。

「回程的大巴上沒人說話，所有人都又累又傷心。而且得知噩耗說接下來的暑假都要用來補課。有一位老師坐在我前面，她轉過頭來說，以後的人生還會遇見更多這樣的時刻，但不再會有一個集體和你一起經歷。類似於這樣的話。但這到底是一個什麼樣的時刻呢，恐怕連她自己也不清楚。

「我們直到高中畢業時才看到了當時的錄像。在禮堂裡播放的。很熱鬧。鏡頭掃過我們所處的那個方陣，住宿生就開始起鬨和鼓掌。這是我們第一次明白當時自己在做什麼，那些彩色紙板和走位連成的是什麼圖案。在俯瞰的鏡頭裡，只有我們自己知道自己在那裡。那天的禮堂裡有種複雜的情緒。因為高二荒廢的整個學期，不少人高考失敗。但也很難把高考失敗就歸結為這一個原因，至少我們當時誰都沒有真的這樣想。相反，就認為這是命運嘛，就應該這樣接受下來。我們通過嘻嘻哈哈的方式打消著彼此的疑慮。我接下來也要去很糟的大學。也不是沮喪，而是這樣荒謬的傷感。」

小桌邊的人陷入更鄭重和古怪的寂靜，但音樂響著，致遠看看洲，洲先是注視著他，然後扭頭看往其他地方。致遠在那個瞬間能夠解釋洲身上不合時宜的堅決和嚴肅，他的音樂裡面不為人知的憤怒和迷惘。但是那個瞬間也很快就過去了，他不得不閉上了嘴。

之後大家紛紛告別，致遠和洲一同往東四十條方向的地鐵站走。現在 peace

的感覺又回來了，但是變得複雜和不穩定。他們經過一個豎立著雕塑的小廣場，是一隻奇怪的狼，兩個人繞著轉了一圈，然後終於找到一個便利店買了兩瓶水。可能是因為那隻狼，致遠感覺到令人心安的虛構感重新降臨，他們彷彿行走於電子遊戲中的北京地圖。

「我感覺自己說了不少蠢話。」

「怎麼會。這是一個很難忘記的夜晚。」

「其實我想問你一個問題。剛剛警察並沒有對我們做什麼，為什麼你會那樣？」

「我也不知道。但是對我來說這可能是一種時刻都準備著的情緒，雖然不確定，卻在心裡練習過太多次。好像是把在香港時的失望轉變成了其他什麼。所以一有行動的機會，就想實踐。像條件反射一樣，往往是判斷錯誤的。不過簡單說起來，大概就是樂隊主唱人格上身，扮演星斗市民。」

「什麼市民？」

「粵語裡面的講法。就是像星斗一樣平凡的你我他。」經過街心花園的時候，洲跳上單槓上玩了一會兒，致遠也跳上去翻了幾個跟頭。

「你是不是體育生？」

「田徑隊的。但是後來沒有在比賽裡得過什麼值得一提的名次。考試也沒有得過優惠。不過我小的時候一直希望自己以後成為足球運動員。」

「我們竟然從沒聊過足球。我雖然是曼聯的球迷，最喜歡的球星卻是梅西。」

「我不是真正的球迷啊。但中學時期正好是全國足球聯賽最火的時候，我看得最多的也不過電視轉播的省隊比賽而已。不過有一個很喜歡的運動員，踢前鋒的位置，四分之一俄羅斯血統，球風又直接又細膩，還不到二十歲。我們為香港回歸的慶典排練的場地，正好也是省隊訓練的場地。所以最大的福利就是每天排練完，等待大巴接我們回去的半個小時裡，可以坐在看台上看省隊訓練。那個球員真的和其他人都不一樣，即便是枯燥的基礎訓練，對我們來說，也好像是在觀看他的個人表演。因為自己的體育不錯，所以暗暗希望以後可以成為這樣的人。那些傍晚也真是好得不得了。排練的時候流了很多汗，但是臨近夏天的風介於暖和和清涼之間，非常舒服。喝汽水，吃麵包。既不感覺荒謬，也沒有憂慮。所以留下這樣的記憶，也算是值得？」

「你對值得的期待實在太低。我不禮貌地問一句，你們為什麼不抗議？一個學期的排練對你們的人生造成了毀壞。沒有人去投訴嗎？」

「當時沒有人會這樣想吧。即便是現在想起來，我也覺得沒有區別。高考成績好一點，或許會是不一樣的人生，也或許不是。但不管怎麼說，我都覺得沒有什麼兩樣，都是要接受的命運。」

「怎麼會沒有兩樣呢？那是通往自由的基本路徑。」

「是嗎？對我來說的那大概是比較淺顯的自由。而且那是很珍貴的年紀，也是很珍貴的時代。沒有人製造怨念。我想你大概不會明白。」

這樣他們沉默了一會兒，彼此賭著氣，埋頭拚命走了一段路。

「我在慢慢明白。怨念是很討厭的東西。十年前的香港可能還不是這樣。電影裡也沒有不得志的老警察，反社會的殺手，憂心忡忡的新移民。而現在每個人都被固定在自己的位置上，扮演自己的角色。賭彩的好運彷彿再也不會降臨。沒有人尊重彼此的願望。沒有辦法描述唉。寫了一點在歌裡，大概還會繼續寫一點。但是所有以為自己明白了的時刻都是稍縱即逝的。真是一點也沒有辦法啊。只好等待著下一個這樣的時刻繼續到來。」

「剛剛在那條街上。音樂突然被拉掉的時候，對我來說也是這樣的時刻啊。」

這樣等他們走到地鐵站的時候，已經連路燈都熄滅了。洲不死心地跳上台階往關閉的鐵柵欄裡面張望，糟糕了！他懊惱起來，因為知道致遠借住在高中同學家裡，非常遠。致遠卻鬆了口氣，說實在的，他無法想像倒兩班地鐵回到通州。高中同學在通州的一個科技園區上班，雖然性格慷慨友善，對待具體生活的態度卻一團糟。床和寫字桌緊緊挨著，有性能極好的桌上型電腦、鍵盤和鼠標。他在這兩平米見方的區域內生活，聽音樂，打遊戲，工作。現在這兩平米旁邊的窄道裡安置了一張睡袋給致遠，是他想像中逃生時的備用。睡袋很潮，也是這間垃圾房的一部分。總之下個星期一定要找房子了。致遠暗暗下了決心——「不如去洗澡吧？」

「洗澡？」

「澡堂。北京沒有嗎？通宵的公共浴室。」

「好像路過過。但我一直以為是流浪漢會去的地方。不過去一下也無妨。」

結果在東四十條附近果然很容易就找到了澡堂，挨著一間水果鋪和一間撞球間。外面看起來很破，致遠不免有些擔心裡面的情況。走過一段露天走廊，裡面卻整潔明亮，一派八〇年代國營單位的氣氛。兩個人領了手牌、毛巾和一塊肥皂，致遠帶著洲找到櫃子，放好衣服，光腳泡進池子。水溫比想像中涼，致遠覺得正好，剛剛的酒讓他胃裡不舒服。很多年以後他才回想起來，在三里屯喝的那種十塊錢的金湯力用的一定都是假酒，而在當時他只覺得自己果然不勝酒力。

有很長一段時間，兩個人浸在水裡，偶爾發出舒服的嘆息，誰都沒有再講話。

「唉，你覺得我有沒有禿頂？」洲轉過頭來，認真地問。

「我看看。」致遠也認真地打量起他來。

「我爸和我叔叔都是禿頂，可以說父系的男性親屬都是禿頭。早晚都要發生的。但還是很擔心現在就已經發生了。」

「這樣說好像是有一點。」

「唉，糟了糟了。真的假的？」

「嗯，髮際線這裡。」

「完了完了。哪裡有禿頂的樂隊主唱。」

「羅大佑！啊，我想起來，你有點像九〇年代初期的羅大佑。那時候羅大佑大概三十多歲，但是髮際線已經很靠後了。」

「哈哈哈，你不要亂講。我比羅大佑帥很多啊！」

「但是真的很像。我看過一九九一年一次賑災演出的錄像，羅大佑戴著茶色墨鏡，一邊唱〈皇后大道東〉，一邊四肢不協調地扭來扭去。非常忘我，真是出乎意料的迷人。很像你在你的一個ＭＶ裡跳的舞啊。你和一個女孩在巴士裡，女孩坐著，你就一直在旁邊跳舞。」

「我很喜歡一九九一年的那張專輯啦，最後一首歌是〈東方之珠〉。念書的時候，我爸領著我們全家去看他在香港的演唱會，是我們家裡難得的合家歡時刻。不得不說，羅大佑對我來說是真正的大明星，是最後的大時代裡野心勃勃的沒落英雄。但是跳舞嘛，所有不會跳舞又自說自話的人跳起來都是這樣的——艾瑞卡，那個坐著的女孩，就是封面上吃雞蛋的女孩，認為魔性的舞步也是男孩的性感。」

「很多人問艾瑞卡是不是你女朋友。」

「啊，我以為我告訴過你。我喜歡男人。」

「欸？」致遠噗地笑出聲來，又疑惑地發出一個嘆詞，而洲略帶吃驚地看著致遠，以為他沒有聽明白，接下來認真解釋說：「我喜歡男人。我和男人談戀愛。這樣。」

致遠尷尬地收回笑容，一時也不知道視線該停留在哪裡，只好不自覺地退回到池子角落裡，假裝閉起眼睛來享受熱騰騰的蒸汽。聽到洲若無其事地縮在水裡，發出舒服的嘆息。過了一會兒他被一塊毛巾砸中，聽到洲氣呼呼地說：「你這傢伙，不用躲得那麼遠，我有男朋友的。那可是比你自由很多的男孩！」致遠大笑著把毛巾扔回去。然後兩個人都不再吱聲，縮在水裡，一起發出舒服的嘆息。

便是在這個時刻吧，致遠感覺到確鑿的友誼。不是站內信，不是虛構，他們成為了確確實實的朋友。即便他清楚地知道這份友誼存在著明確的邊界和他不願再去探討的地帶。之後洲和致遠告別。致遠則在浴室裡租了張躺椅，頭頂的窗式空調響個不停，其他夜宿的客人發出起伏的呼聲，他卻沉沉睡到清晨。從浴室出來，小風清涼，精神抖擻，感覺從此被好運籠罩。

這個夜晚被洲寫成兩首歌，收入在第二張專輯裡面。致遠很喜歡有關澡堂的那首，歌詞說的是和朋友漫步在北京的夜晚談論什麼是更為高級的自由，之後又在公共澡堂裡對朋友出櫃，朋友嚇壞了——「但是朋友啊，還請和我一起在有限的自由裡冒險。」——現在唱起來，致遠也要紅了眼眶。第二張專輯的發行距離當時已經五年。接下來洲迎來最紅的一段時間。去日本音樂節，在紅磡體育館演出都是那之後的事情。而關於這個夜晚，致遠當時懷有一種熱烈的期待，這樣的夜晚會反覆出現，但其實並沒有。

一方面是因為致遠沒有能夠在故宮以北的正方形區域內租到房子，最終在東五環外找到了合適的室友和住所。

這裡因為不通地鐵，房租很便宜，卻從地理意義上區別於洲所屬於的那個群體，被以版塊為界限劃入了新的人群。這個龐大的小區裡住著的幾乎都是貧窮，卻對美好生活抱著破釜沉舟般決心的年輕人。起初周圍很荒涼，出門以後只有一條筆直的道路。後來這條路上開出很多燒烤店、拉麵館、沙縣小吃。都是只有年輕的身體才能承受的食物。漸漸地，這裡形成一種排斥家庭或者任何固定形態的氣氛，搬家的貨車進進出出，一幅進行中的新世紀圖景。

然而工作比預料中好很多。恰逢時代的洪流衝擊舊的體系，允許熱切盲目的年輕人在短暫的鬆動中創造一些無意義的空間。致遠當時負責一個風格未被定義的小樂隊，三個來自重慶的男孩。致遠從音像社一堆被遺棄的小樣裡發現了他們，被音樂裡春遊般的輕鬆和玩世不恭的壞浪漫打動。在致遠的說服下，尚存理想主義決心的老闆同意投入有限資金，做一些無害的嘗試。接下來致遠幫助他們策劃第一張唱片，並且帶他們去內陸城市演出，參加名不見經傳的各類音樂節。他們一起坐火車，住衛生情況糟糕的連鎖旅館，卻都懷有磨礪自我的決意和快樂。這是致遠談論音樂最密集的一段時間。起初是聽他們交談，之後他也參與進去。他不得不承認自己從交談中獲得了快樂，並且感覺自己在認真地活著、思考、創造。

另外一方面，致遠和小馬發展了一段外省青年之間的愛情。從三里屯告別之後的一星期，小馬給致遠打了電話，她告訴致遠說那天他回憶起回歸慶典的事情帶給她一些震動，而她也有一些疑惑想和他聊聊。但是在與洲交換過有關自由的看法之後，致遠變得有些小心，不想再談這件事情。不過他很高興小馬能打來電話。他們聊了一會兒那天晚上見到的朋友們，還有蒙古包的情況。之後每天他們都會打電話聊一會兒。小馬出生在南方沿海小城市，小時候因為聰明過人被當成天才學生培養，跳了幾級以後作為交換生去了英國。感覺水土不服，於是自說自話地退學，去了美國。但是她的敘述每次都有些不一樣，她會增添或者刪除一些細節，致遠如果產生疑惑，她卻又都能給出合理的解釋。其實致遠不在乎她是否杜撰了一部分人生，也有可能她對於構成平常生活的重要部分真的不在乎。在描述對於致遠來說不可思議的經歷時，她既不傲慢，也不拘謹，把各種事情都當成平凡的煩惱與快樂。致遠喜歡和她講電話，主要是聽她講。他沒有什麼可作為交換的經歷，當他們有些害羞地談到戀愛史的時候，他產生一個模糊的念頭，小馬大概會成為他的初戀。

有時候小馬強迫致遠聊聊自己，致遠便會把過去寫給洲的站內信件內容再複述一遍。大概因為地理上來說小馬屬於舊城區的浪漫派。但其實小馬認為他講什麼都好笑，生動，傷感，像塞林格。

之後小馬的蒙古包拆了。但是找到了好的買家，現在可能正如願以償地在遠方的森林裡、瀑布邊。拆的那天致遠去幫忙，他以為會遇見洲，但是只遇見了老馮和再次從呼和浩特趕過來的工人。那天晚上致遠和小馬在胡同的小飯館裡第一次面對面正經聊天。小馬坐在對面喝啤酒，笑嘻嘻地非常專心，給致遠留下了比之後在蒙古包廢墟上的親吻更強烈的印象。

小馬先在老馮家住了一段時間，作為回報在他的館子裡打雜。儘管她在日常生活中的需求非常微弱，幾乎沒有消耗，但當時老馮交往了新的女友，她不得不重新找房子。致遠幫了不少忙，並且在她需要支付房租的時候借給她一個月的工資。他幾乎沒有多餘的錢，卻不由自主一再地幫助小馬，結果給自己造成不小的困擾。而小馬並沒有覺得這有什麼問題。生存讓她煩惱，但她從未真正憂慮。她總是幫助各種朋友，一副熱心腸，在人際關係裡沒有界限，而且好像做什麼都游刃有餘。有時候拿到報酬，有時候沒有。因此她覺得致遠給她錢，幫她交房租好像並沒有什麼不對，欣然接受著。而且她確實不像其他女孩一樣在物質上有任何花費。她常年穿著朋友剩下來的衣服，一些男孩的夾克和連帽衫，騎一輛朋友母親淘汰下來的自行車。為了方便和她一起出行，致遠也買了一輛自行車。

然而房子又讓她不愉快。她離開了大雜院，與另外一個女孩住在團結湖的老式居民小區裡，享受著空調和二十四小時熱水帶來的便利和舒適，因為小區是政府機構的家屬樓，冬天的暖氣甚至足到必須要開窗。當代的同質生活使得她陷入近乎罪惡感的焦慮，臉上的痘痘也隨之爆炸。

致遠把這些事情都作為小馬人格的一部分接受下來了，而且有時候確實認為她的反抗是有道理的。她的個子很小，比平常人更加脆弱，也更容易陷入時代的流沙。但令他感覺委屈的是，小馬抗拒性行為。在他們戀愛的一年中，雖然進行了所有邊緣行為，小馬卻始終拒絕最後一步。

「你想要睡的不是我，是和我有關的歷史、環境、人群，是一個幻覺。就好像這樣你可以更瞭解我，但其實不是的。」小馬常常語無倫次地解釋。

「扯淡。我想睡的當然就是你。確確定定。」

為什麼她不能確定！小馬解釋說她很討厭自己的身體，沒有把握能夠使用好自己的身體。她需要更多的自我認知和確定。這給致遠帶來的痛苦暫時超越了一切，超過了言辭、音樂、意義。他從未經受過感情的訓練，也沒有人可以求助。總之整個冬天與慾望和孤獨的鬥爭是覆滅性的。然後熬到春天，感覺可以透口氣，卻遭遇沙塵暴大爆發。小馬的痘痘變得非常嚴重，對好幾種藥物產生抗藥性以後，又試驗了放血和針灸的治療。但是中醫診所的擁擠和緩慢令人絕望。除了拒絕性行為之外，她還開始拒絕任何耕種出來的東西，嘗試一種穴居人飲食法，不吃麵包、麵條、米飯。在這個過程中她感覺自己變成了奇怪的動物。致遠買了食物去找她，盡量避免了牛奶、雞蛋、澱粉和一切與種子有關的食物。但是她不開門。致遠打電話給她，她接了，她說她覺得致遠睡了其他人。

致遠確實在睡其他人。有一天晚上他做了四次，清晨的那一次感覺只是身體盲目地抽搐而已。起初他認為自己可以解釋這件事情，後來覺得沒有必要。而且他必須承認，他確實得到了身體上的安慰以及非常短暫的輕盈時刻。並且他意識到小馬對他來說絕對不是幻覺，相反，他才是小馬意識中一部分的投射。或者更糟糕的是，他連同故宮以北正方形區域外的世界，正是小馬強烈排斥的。這樣一想，他變得更加傷心。

儘管致遠很想找洲傾訴與小馬之間的問題，卻擔心他們之間會發生類似上次那樣關於自由的爭論。然而這兩件事情之間又有什麼聯繫呢，他也沒有想清楚。這樣時間久了，致遠便把這件事情當作秘密，反倒和洲也感覺疏遠。

春天還沒有結束小馬就決定離開北京。致遠很長一段時間沒有單獨見到她，但還是和其他人一起為她送行。她的東西少得令人吃驚，大部分東西都留給老馮，卻把自行車留給了致遠。致遠有種感覺，其他人都清楚他倆之間的戀情，但是誰都沒有說，大家爽氣地說著惜別的話，開玩笑，還真的為什麼事情大笑起來。最後他們打算像同志一樣瀟灑地握手告別，小馬卻突然抱住他的脖子開始親吻。於是小馬哭，他也哭，邊上的人都不吱聲。

「傻子，我為什麼要兩輛自行車啊！」致遠這樣說著。這永遠是他人生中最傷心的一天。之後他把自己的自行車賣了，留下了小馬的自行車。

奇怪的是，小馬一離開，天氣就慢慢好起來，沙塵暴結束了，迎來的是一個乾燥涼爽的夏天。

音像社按照計畫開始籌辦露天音樂節。地點在郊外一座廢置了幾年的遊樂場。致遠與老闆一起去巡視了幾次場地，大部分的遊樂設施已經拆除，留下遍地荒草，一面鏡子般的湖和漫天飛的白色野鳥，正適合建造一個小小的烏托邦。他們在不同的時間過來，觀察天色和光線的變化，最終選擇了一小片林中空地。

老闆熱情描述著秋天到來時的場景，他想像白色的帳篷，周圍可以搭建高高的看台。致遠趁著他興致高昂的時候建議說安排往返巴士，搭建流動廁所，如果有帳篷區域的話記得增設過濾水龍頭，在空中放一個飛艇，以及希望能夠邀請洲的樂隊參加。老闆雖然並不喜歡洲的音樂，稱之為濫情的傷感，卻爽快地答應下來，並且提出邀請更多的港台樂隊，他想要陌生化的浪漫和叛逆——這是他理解中的年輕人。然而每次的巡視都有一個不愉快的結尾，他們傍晚離開那個宇宙間最浪漫的荒地，接近進城高速時開始堵車，老闆的脾氣也隨之一落千丈。他變得焦躁、洩氣，罵罵咧咧，同時又說一些以「你們年輕人」為起始的觀點，彷彿自己置身事外，對未來撒手不管。這讓致遠覺得他像是完全禁不起挫折或者容易 放棄。總之他不是一個稱職的老闆。他喜形於色，懷有落後於時代的理想主義，卻又以笨拙本能的努力想要搭上時代的順風車。然而致遠很喜歡他，容忍著他，遏制自己不時對他流露的同情。大概因為他身上有種滑稽的不平衡，和摧毀性的自我質疑，或許是他的同齡人正在喪失的。

沒有想到洲斷然拒絕了音樂節的邀約——「抱歉真的不能參加。那天是遊戲發售日。我本來還想找你一起去電子商城排隊。」——態度禮貌堅決，然而搬出這樣的理由真讓人摸不準他心裡是怎麼想的，想推進或者反駁也不知從何說起，反而讓致遠為自己急切想要證明一些意義的態度感覺慚愧。但不管怎麼說，想看到洲的演出是真實的熱忱的願望！於是他撇開音樂節的事情，提議週末一起去荒廢的遊樂場玩一玩。

兩個人約在地鐵站見面，坐到終點站，再換乘小巴。路途遙遠卻並不乏味，甚至見到了難得一見的鄉村場景，路過水庫邊成片的向日葵。

「這也是北京嗎？」

「嗯。不賴吧？」

美好的夏日傍晚，遊樂場裡湖水清澈，水位很高，野鴨子和鷺鷥出沒。致遠順勢向洲描述即將在這裡發生的一切，而洲驚訝於他竟然記得多年前自己發在論壇裡的音樂節建議。他們喝完了可樂，洲脫了T恤跳進湖裡，致遠也跟了過去。湖水出人意料地暖和，乾乾淨淨。他們漂浮在水面上，閉著眼睛，小魚偶爾咬到他們的腳。之後他們爬上岸，在石頭和樹葉上蹭乾淨腳上的泥巴，往遊樂場的深處走去。在致遠從未到達過的地方，他們發現了一處沙地足球場。

「看來不得不再來一次了！」洲拍拍致遠的肩膀。

「可能不止一次。」

「九月我從香港帶樂隊過來，但是有一個要求，音樂節開始前我們在這裡踢一場足球比賽。」

「當然！」

接下來的整個夏天致遠都在為音樂節忙碌，往返於公司和工地。洲則帶著足球比賽的鄭重允諾回到香港和樂隊排練。他們每天交換各自的情況，互相提供建議和幫助，是聯絡最為密集的一段時間。洲凌晨回到家裡發來現場排練的小樣，致遠也堅持著用緩慢的網速斷斷續續下載，再戴上耳機聽。感覺好棒！粵語在粗糙的音質下完全聽不清楚，卻像是跟隨著洲穿過了一座座虛構的樓宇和城市。

然而八月底等來的是壞消息，音像社突然被集團吞併，幾乎沒有爭辯和質疑的機會。得知消息的時候致遠正在準備第二天工程隊入場，被緊急叫停還以為是一個誤會。接下來兩天老闆和高層閉門會議，其他人則手足無措，一場暴雨以後，夏天猝不及防地提前結束。

沒有人被辭退，也沒有人加薪。音樂節將按照原定日期舉行，但是場地轉移到市區時髦的小劇場，有專業人士接手。包括洲的樂隊和致遠負責的重慶樂隊在內的六支樂隊沒有通過最後的演出審查。老闆交代致遠給他們發禮貌且有分寸的道歉信，告知這場意料之外的變局。沒有合同，沒有賠償。致遠以為在這樣的震盪下所有人都會消沉，但其實只有他自己。老闆在安排完過渡期的工作以後立刻休了長假，這是致遠進音像社以來第一次見到他休假。就好像他終於決定撒手不管了，也可能他獲得了致遠所不能理解的平衡。財富和被局限的自由使得他非但不沮喪，還表現出輕快的振奮，令致遠不由思索，如果他正在參與的是一種進程，如果他也是進程的一部分，那麼通往的究竟是哪裡。

之後的一個星期沒有人來上班，只有致遠試圖堅持住某種恆定，每天在尋常的時間過來，坐在自己的位置上處理所有郵件，他一再拖延發給洲的郵件，但其實每天都寫一點，又每天都停頓下來。他寫了目前碰到的情況，他的歉意、迷惘、疲憊。寫到後半截他感覺自己回到過去，如同坐在網吧裡通宵的夜晚。於是他放鬆下來，又想起來把自己和小馬之間的問題從頭到底寫了一遍。有些瞬間他感覺自己和其他人的未來浮現在跟前，他便也寫下來，然後他再想到小馬，小馬會變成什麼樣的人，真是一點頭緒都沒有。他像是從來沒有理解過她，也可能從來沒有理解過洲。寫完郵件，他離開辦公室的大院，像發著一場高燒，只能回家大睡一覺。

醒來的時候天色是透明的暗，一時無法分辨是傍晚還是清晨，但時間肯定已經過去了一天，致遠沒有收到洲的任何回覆。接下來的一天，兩天，整個星期過去了，都沒有來自於洲的消息。但是洲確實收到了郵件，因為他停止了排練，博客上只有他在大浪灣學衝浪的照片和記錄。

九月的第一個星期六，原定的音樂節前夜，洲終於更新了一條博客。是一張簡單好看的演出海報，白色細馬賽克的背景上綠色ＬＥＤ感覺的繁體字，寫著時間和地點，以及一句話——我所理解的大陸。緊接著致遠也收到了消息：「朋友，明天東單公園相見歡。」

欸？原來已經回到北京了。第二天傍晚致遠從小劇場的排練現場提前撤退，一路上既擔心錯過時間，又懷著緊張和複雜的心緒。希望路途更遙遠，他只是在路上，永遠抵達不了目的地。這樣出乎意料地，卻在公園門口就遇見了洲，他背著吉他，正站在小賣部旁邊喝可樂。

「好久不見！」洲遠遠看到他，簡直樂不可支地打起招呼。

「好久不見。你是在開玩笑嗎？」

「本來是認真想在這裡演幾首歌，剛剛打開吉他，就遇見公園管理員。我雖然講禮貌，卻也很難纏，所以管理員又找來幾位城管。」

「看你現在這副樣子，應該是沒有逞能一個人扮演星斗市民。」

「因為我已經接受了被驅趕的命運。哈哈。」

兩個人不僅沒有主動提起不愉快的事情，還小心翼翼地避免著措辭，共同維護著什麼對彼此來說重要的東西，卻又被某種愉快到荒唐的氣氛感染。也可能是因為隔了一個夏天沒有見，心情像暑假歸來的夥伴，互相打量著，有點不好意思地發現彼此都曬得很黑，也長了體重，哈哈大笑一通之後便感覺自己多出些成年人的鄭重。雖然演出泡湯，也打算高高興興地去吃頓餃子。

「你知道這個公園怎麼回事嗎？」走到半途洲突然又笑成一團。

「怎麼了？」

「北京的朋友告訴我那裡是同志公園，說了一些驚世駭俗的事情。我回香港的時候和朋友去海心公園聽老伯們唱歌，想起來就和他們說了一點公園的事情，他們打賭我不敢去那裡唱歌。那我肯定得試試看。所以還特意做了浪漫的海報。當然我確實向來很浪漫的。」

「遇見好看男孩了嗎？」

「好看的男孩女孩統統沒有。就是一個平平靜靜的小公園！鍛鍊，下棋，唱京劇。我還跑到小山上轉了一圈，大家三三兩兩站著，也沒有人來和我搭訕。反正就是自己把自己搞得疑神疑鬼。」

「怪沒勁的啊。講不定剛碰到治理。」

「後來管理員過來驅趕我之前，有個大伯問我要不要一起去勁松那裡唱卡拉ＯＫ，他說他們還有十來個人，大家ＡＡ，一個人三十塊錢。」

「什麼樣的大伯？」

「普普通通的大伯。」

「你有沒有看過王小波？這麼好奇不如去看看《東宮西宮》。」

「講的什麼？」

「我也不知道，我沒看過。」

「我以為你們都喜歡王小波。」

「不好說。講不定你會喜歡，我也想知道你的看法。畢竟是在不一樣的語境下。」

「語境哪裡不一樣了？繁體字也是一種語境嗎？」

他們正穿過吵鬧的王府井，往美術館的方向走。氣氛中出現非常短暫的嚴肅和皺摺，只要不使勁，不觸碰，過一會兒便會自動撫平，被新的事物或者心情替代。但是致遠的心卻在這個停頓間湧起懊惱和悔恨的情緒，他不得不突兀地說：「我真的感覺非常抱歉。」

「是挺可惜。天氣真好，本來我們應該在踢球的。」

「踢球隨時都可以。你別岔開話題。」

「要湊齊人，要有合適的時間和場地，哪裡容易。反倒是你，為什麼覺得音樂節那麼重要。做成了一次，沒有做成一次，又有什麼區別。你總在說什麼破釜沉舟的決心，要說我有什麼不理解你的地方，可能不理解的就是你的決心。為什麼我們要煞有介事地談論著正經事，以為是成人的一部分，以為在搭建著什麼了不起的世界，其實——」

「其實什麼？」

「噓噓噓。王菲。」

「唉！你這樣沒法和你認真講話。」

「真的是王菲啊。」

致遠轉過頭去。靠，真的是王菲啊！兩個人頓時都一動不動。她穿著牛仔褲和格子襯衫，獨自從一扇門裡走出來，邁著很大的步子，不躲閃，不遮掩，堂堂正正地穿過稀落的人群，輕盈地迅速消失在暗下去的馬路上。真美啊，為什麼會有這麼美的人。像夢一樣破壞了短暫的現實，在空氣中驚擾起一層奇妙的漣漪。

「天哪。」

「是啊。」

「好正啊。」

然後他們回過神來，卻忘記了或者不願意再接上剛剛沒有說完的話，飢腸轆轆，天色未晚，而最喜歡的餃子店已經出現在跟前。

第二天音樂節還是如期舉辦，結束之後音像社立刻解除了好幾份樂隊合同，其中也包括致遠負責的重慶小樂隊，他們共同策劃的第一張唱片在失望渙散的情緒下宣告失敗和終止，以最好的形態停留在了想像與觀念中。主唱小A成為了致遠第一個離開北京的朋友，致遠正好請了假，和他一起回到重慶，想要透透氣。

他們過去的排練房在一幢山坡上的破樓裡，樓頂上開著一間火鍋店。晚上致遠和新認識的朋友在那裡吃火鍋，破天荒地喝了不少酒，一直到將近天亮。繞城輕軌在視線可及的樓宇間穿梭，還有坡上高高低低的LED廣告牌，非常魔幻。原本這些場景都會出現在唱片裡，火鍋，四川話，穿過長江的纜車。談起這些，大家都沉默。接著小A說到洲：「以前第一個樂隊叫小綠洲，是因為很喜歡洲的緣故。但是不好意思承認，所以有人問起就只解釋說自己是綠洲樂隊的粉絲。雖然一邊是香港，一邊是重慶，卻覺得他在音樂裡構造了什麼沒有邊界的地址，讓我們都可以容身其中。真可惜，原本以為終於要認識他了。」

這是重要的。這是大陸這個詞語新的定義。這是被洲忽視的意義。致遠在回程的火車上反覆想著小A的話，回去就要告訴洲啊，一回去就要告訴洲！他懷著這樣愉快的決心看著窗外大片的山地，感覺自己正在穿越不可敘述的龐大。然而等他回到北京時，洲已經去了倫敦，在跟隨一名著名DJ學習了半年之後，搬回了香港。他用這種委婉的方式和這裡的朋友不告而別。公園裡失敗的演出和關於王小波的討論也被洲寫成了歌，而致遠始終在想，當時他們應該把要講的話都講完。

二〇〇九年，致遠來到香港出差。事先查好路線，在機場買了一張八達通卡，坐機場快線到中環，再轉地鐵到達銅鑼灣的酒店。路上經過一段隧道，突然看見閃閃發光的大海，是致遠人生中第一次看到海，車廂非常安靜，冷氣很足，彷彿貼著海平面滑行，然後看到山，濃重的綠色植物，山上又有各種房子，也有聳立著的高樓，空氣透亮，被陽光照著同樣閃閃發光。真美啊，這就是香港了！

那段時間音像社代理了幾位選秀明星，獲得集團不計成本的資金支持，可以說是趕上了一個小小的浪頭，因此用起錢來非常大方，塑造著新產業的形象，出差預訂的酒店也在銅鑼灣很好的位置。一面窗戶對著城市，辦公樓和商場，乾淨明亮，灰青色的路面刷著黃色的繁體字標誌。一面窗戶對著山坡，能望見豪宅的游泳池，遠處的高爾夫球場，再遠處一點點的海，海邊的大片綠地，以及雲層底下的高樓。致遠在窗前站了很久，注視著天空投下的陰影在地面移動。

他花了一些時間適應外面的悶熱和潮濕，很快學會熟練地坐荃灣線往返於港島和九龍兩地。地鐵站空空的，街道錯綜複雜，上坡下坡，很多陌生的樹木和花。客戶是位長了他將近二十歲的中年人，一頭整潔的齊耳長髮，戴著金屬框的眼鏡。但是他禮貌、謙遜、精神，對大陸的年輕人和音樂市場很好奇，問了很多問題。他帶致遠在茶室喝了早茶，經過重慶大廈的時候特意指給他看，路上出現很多印度人，既忙碌，又自在。其實那部電影並沒有給致遠留下什麼深刻的印象，但他也禮貌地將之視為某種刻板的印象而接受了下來。之後他們一起去黃大仙燒了香，致遠覺得很奇怪，但是他依然認真地許了願望，並在告別之前約定了第二天的會議時間。

致遠完成工作以後才給洲發了郵件。自從洲離開北京以後他們極少聯絡，但是洲在博客和臉書裡更新著恆定的內容。普通而美味的食物。遊戲和體育比賽評論。海面的風景。日常與不日常的所見所聞。作為旁觀者也在這樣的恆定中被消解了時代的思慮和不安。這樣即便很久沒有見，卻覺得始終參與著他的生活。洲很快回覆，說好第二天早晨見面，一起去海邊玩，一會兒又發來一封郵件要他帶好泳褲和防曬霜。

致遠的雙肩包裡塞著毛巾和拖鞋，在約定的商場等洲。洲突然從人群中出現，也背著雙肩包，穿著網球鞋和短褲，直衝著致遠張開雙臂說，歡迎來香港。致遠有點吃驚，儘管洲看起來和在北京時一樣，穿著同樣的T恤，卻能感覺到有什麼地方發生了明顯的變化。直觀地說起來，他的身上那種不可描述的模糊性消失了。但是驚詫的情緒很快被強烈得多的快樂取代。

太久不見了啊！兩個人重重地拍拍彼此的肩膀。

儘管是工作日的早晨，卻完全沒有堵車，道路井然有序。小巴司機開得飛快，下坡時也完全不減速，致遠不得不緊緊地握住把手。洲卻很鎮定，他坐在前面，抱著雙肩包，不時和司機用粵語交談，大致是在說新聞裡面剛剛公布的某項政策。而他們所用的粵語又彷彿和洲唱片裡用到的粵語不同。有點聒噪，又有種厭倦的氣氛。致遠意識到，洲變成了一個清晰的香港青年，以後或許也會變成客戶這樣整潔禮貌的中年人。但是致遠不清楚是因為北京有能力模糊一些定義和邊界，還是因為香港過分銳利和確鑿。多半和地域並沒有關係。致遠沒有再往下想，反正這種感覺很快被窗外美好的風景沖淡了。

他們在碼頭下車搭船。船上有幾個自己帶著衝浪板和裝備的年輕人。船也開得飛快，一個個的浪打上來，有經驗的乘客都打起了傘。這樣，感覺穿過了山穿過了海，等到他們脫光上衣跳進海裡時卻還不到中午。

是一個非常可愛的小島，幾乎都是本地青年。沙灘上石子很多，零落地搭著帳篷。一群拿著衝浪板的初學者從俱樂部裡走出來，歡呼雀躍著奔向大海。致遠不禁也想加入他們。洲也換好了衝浪服，從熟識的租賃店拿了兩塊衝浪板，簡單地教了致遠一些基本動作，兩個人便各自在海裡等浪來。致遠連吃了數個浪以後找到一些竅門，短暫地站起來一瞬，被一個浪打到了海底，掙扎著浮起來以後又迎頭撲來另外一個浪。底下的礁石非常粗糙，致遠覺得自己一定已經劃傷了小腿，而且海水的溫度比想像中低很多，這樣他只好拖著衝浪板回到沙灘上，從小攤買了維他豆奶和魚蛋，坐在躺椅上等洲。有人在旁邊石頭砌起來的炭爐上烤整條的魷魚，鍋子裡則煮著小螃蟹。香氣撲鼻，令人一時搞不清自己身在哪裡。有時候他遠遠地看到洲，早晨的陽光把浪上的人都曬成金色。

等致遠睡了一覺醒來，洲已經回來了，插著耳機在喝可樂。

「今天的浪不好，又短又急。」

「是嗎?再長一點我可能就死了。」
「不過你來的時間正好。前幾天掛八號風球,斷水斷電。風眼經過的時候,我只好收拾了一個包,帶著水,躲到了車庫裡。人類真是脆弱到沒勁。」
「你住在這裡?」
「我現在住在紅磡。透過好幾棟樓的間隙能看到維多利亞港和對面的港島。」
「哇。」
「很破的樓啦。背面對著方方正正的殯儀館。」
「這樣沒事嗎?我小時候看過很多香港恐怖片,真的很可怕。」
「你好傻。香港恐怖片都很弱智。」
致遠哈哈笑著,又去買了兩瓶維他奶,遞給洲一瓶。
「維他奶真好喝啊。」他發出滿足的嘆息。
「我還比較想念北京的瓷罐酸奶。早知道你要來應該叫你帶來。」
「這裡真美,我可以一直待在這裡。」
「不會啦。你不會這樣想的。相信我。四季如夏讓人產生永遠年輕的幻覺,但我們都會厭倦的，你和我一樣，根本不是會相信幻覺的人。」

「冬天也這麼熱嗎？」

「差不多啦，有一點點變化。」

「那你怎麼擺脫幻覺？」

「我出生在這裡啊。一整年的海風還是可以感覺到鹽度和黏度的不同。」

洲這樣說著，致遠不由自主地使勁呼吸了一會兒，也想感受風的質地。然後兩個人都餓了，歸還了衝浪板，找到公用的水龍頭沖去了皮膚和頭髮裡面的鹽，到附近的排檔一人吃了一大碗牛肉粉配一杯連杯子都是冷凍過的鹹檸汽水，便搭上了回程的船。洲坐在船舷上提議晚上如果沒有安排的話，可以見幾個朋友，帶他去有趣的地方。致遠自然答應了，問他具體要去哪裡，他又笑笑不吱聲，而且似乎忘記了致遠不習慣陌生人，或者是認為致遠已經將之視為理所當然。風浪依然很大，船晃得非常厲害，但是致遠也感覺到疲憊的坦然。

回到九龍以後，他們坐在吉野家裡等洲的朋友過來。致遠要了雙拼飯和烤青花魚。

「你怎麼還吃得下？」

「我想試試看這裡的吉野家和北京的有沒有區別。」

「幼稚。」

「我們現在算是言歸於好了。」

「你在說什麼?」

「離開北京的時候不告而別也算是在賭氣吧。」

「那天我們從餃子店出來,我就和你握手告別。我們不會平白無故地握手。」

「你那會兒就想好要走了。不還是在賭氣嗎?」

「就算當時為了這樣那樣的事情懊惱,也不是賭氣。我非常喜歡北京的,雜亂和生機勃勃的勁頭,規則沒有閉合,各種形態的年輕人都能找到停留的縫隙。我也像是再歷了一次青春期。我這樣說不是戀舊,確實黃金時代的香港就是自由自在,機會俯拾皆是,人們自然也沒有想到如果不去維護,一切都有消失的那一天。現在才發現成長期中最珍貴的東西都在失去,而且會消失得無影無蹤,不僅僅是天星碼頭這樣的實體。奇怪的是我在北京才有了這樣覺醒的審視,既看到了美好的東西,又看到了喪失的過程。所以迫不及待地想要回來做些什麼，保存些什麼，也沒錯吧？」

「唔。」

「唉，你為什麼要逼我講這些煽情話。你覺得這裡的雙拼飯怎麼樣？」

「幾好啦。」

致遠繼續埋頭吃飯，洲的手機開始不斷震動，他進出了幾次打電話，發消息。致遠因為提起這樣的話題而感覺悔恨，逼迫朋友做出辯解，本身就是一種破壞。

八點的時候，洲的朋友開來一輛又小又乾淨的鈴木北斗星，等到致遠鑽進去才發現裡面超負荷裝載。司機和前座的年輕男人，後面原本已經坐著一對情侶，再加上致遠和洲，以及地上和後備箱不大的空隙裡堆著一箱箱的飲用水、餅乾和泡麵之類的盒裝食物、應急燈和便攜音響裝備。

他們用粵語和致遠打招呼，致遠也用簡單的粵語回答。他一落座便立刻感覺到車廂裡有種奇怪的肅穆氣氛。大家也熱忱地交談，卻與白天的小巴司機不同，他們語速飛快，語調堅決，彷彿一樁事件或一個小小時代接近尾聲時那樣，流露出愈發激烈也愈發厭倦的神態。洲雖然很少說話，身體卻繃緊和前傾，是非常陌生的肢體語言。致遠幾乎聽不懂他們在說什麼。然而不是陌生的語言，而是其他什麼。冷冷的、緊張的東西，將他隔絕在這一邊。他們卻是那裡完整的緊湊的小小世界，用語言的屏障強調著彼此間堅固的情誼。致遠沒有聽清楚他們的名字，而且他們有著相似的精神面貌，極其禮貌、明亮和年輕，同時懷著具有破壞性的固執和天真，使得致遠一時很難將他們清晰地區分成個體。

小車行駛在一些窄窄的街道間，然後開上一截高架，能夠看到兩側緊緊挨著的舊樓，外牆年久開裂，像是終年被雨水澆灌。車窗開著，冷氣也開到了最大，致遠感覺他正隨著新朋友們來到城市的背面。在片刻安靜的間隙，他的目光先與洲交匯，洲的眼睛閃著濕潤的熱烈的光。然後是身邊沉默的女生，她像一頭小小的鹿，眼睛也和鹿一樣平靜溫柔。致遠被作為外來者的天然戒備心所折磨，卻又迫切想要知道，他們要去哪裡，他們要做什麼。他甚至不由自主地被愈發嚴肅和躁動的情緒感染，想要懷著捍衛和驕傲的心情成為他們群體中的一員。

小車最終停在了一片不起眼的街心公園旁邊。大家利落地自兩邊下車後，齊心從車裡往外搬東西。致遠注意到公園外面拉著警戒線，幾個警察在聊天，又有幾個警察從對面飯館裡拿著盒飯走出來，一派友善鬆散的氣氛。然後有幾個新面孔的年輕人加入進來，大家打著招呼，點頭問好，接過水和食物往公園裡面走，致遠和洲搭手拖著一箱音響設備和電線跟在他們身後。

一小段黑暗的小徑之後是一片奇異的景象。

公園小小的草坪上支滿野營帳篷，映著路燈、應急燈、手電筒和一點點蠟燭的光。年輕人以各自的帳篷為中心有序地滲透在所有縫隙間。大家在聊天，看書，睡覺，交談，寫作業。每個人都待在自己的位置上，互不打擾地做自己的事情。看起來既不像是靜坐，也不像是狂歡。地上拖著電源，有人支著電飯煲煮飯和麵條。四周圍攏著樹木，被濕熱的風吹得嘩嘩響。沒有荷爾蒙的氣息流動，卻有種脫離日常的恍惚和美，是近未來小說裡熱愛描述的寂靜場景。所有人都彷佛已經在這裡住了很久，或者向來就住在這裡，並且創造出一套只有在這裡才能運行的規則。有人持續地搬運水和食物進來，沒有組織者，卻自然形成秩序，有不同的種類和路線。流動廁所門口排著整齊的隊伍，大家都是一副不用擔心時間的模樣。不時有騎摩托的外賣員送來比薩和炸雞，人群裡便爆發出小小一陣歡呼，外賣員彷佛也受到了極大的鼓舞，真誠熱情地對他們說加油啊。致遠抬著箱子跟隨著洲從帳篷之間穿過，不相識的人也抬頭朝他們致意，或者拍拍他們的肩膀，都是亮晶晶的眼睛。

這使得致遠想起到北京的第一個夜晚，音樂節上的帳篷和排練廳裡徹夜無休的人。但是不一樣，北京的風乾燥涼爽，攜帶著灰塵的氣味，令人想像在遙遠的某處，有人正在空曠的野地裡焚燒整個夏天落下的枯葉和荒草。而這裡的風來自四面八方的大海，無序、陌生，帶著大自然的決意。致遠的內心受到了無以名狀的衝擊，以至於無法發問，也無法開口與洲交談。

然後洲在一個帳篷前面停下來，他們把東西放下。裡面的人正在一盞小小的應急燈下面打撲克牌，旁邊放著啤酒和三明治。他們看到洲，紛紛探出頭來，開心地打招呼，和洲互相拍著肩膀，然後洲說帶了一個朋友來幫忙，他們便也拍拍致遠的肩膀，用粵語和他打招呼。致遠有點感激洲沒有介紹他是誰，這樣他短暫地認為自己也是這個群體的一部分，他被邀請鑽進帳篷裡，新的朋友遞給他啤酒。帳篷裡非常擠，味道也不太愉快，有人伸手打開天窗，然後他們收起撲克，打開電腦，嚴肅地商量起重要的事情。致遠試圖跟上他們的語速和節奏，思緒卻一再被牽扯到他處，他在想上一次主動置身於集體中是什麼時候，或者是否真實存在過。

他們都是附近一個現場演出俱樂部的管理者、樂隊成員、常客或者歌迷。俱樂部原本改建自廢舊廠區中的一間倉庫，當時香港的製造業轉移到了內陸城市，很多工業區處於閒置狀態。這間俱樂部雖然不是最出名的，卻始終庇護剛剛出道的本地小樂隊。之後附近的工業區被開發商收購，俱樂部所在地正在規劃之中，租約在不知情的情況下被廢除了。雖然也有保留俱樂部的可能性，但是租金的上漲難以承受。年輕人一方面希望開發商能夠懷有一顆保護本土文化的心，另外一方面也希望政府能夠給予政策上的支持。請願活動已經持續了一段時間，從最初占領的整條馬路收縮到街心公園的小小範圍，大部分人在失望沮喪中離開，剩下的人大多是樂隊和俱樂部的相關人士，或者堅定的浪漫分子。然而臨近尾聲時人們的心聲也自然有了分化。部分人希望溫和地結束，認為最重要的是表達立場。另外部分人則尋求確鑿可行的出路，不願意將整件事情浪漫化。剩下的人無法決定，游移在中間。然而身處任何一個部分的人都是快樂的，抱有改變世界的願望，相信自己有選擇的權利，並且能夠付諸行動。

令致遠感覺意外的是，洲選擇站在浪漫的反面。他提出明確和實際的要求，那是比天空中的飛艇更為具體的東西。然而為什麼要意外，這曾經是他們友誼的開始，只是之後這份友誼走向了虛構的縱深，幾乎遺棄了與現實世界的連接。直到洲在這個夜晚打破了結界。

這時候洲用粵語對致遠說了一句什麼。他回過神來沒有聽清。

洲又用普通話講：「你會不會開車？」

清清楚楚，是虛構的終結。

致遠能清晰地感覺到周圍的空氣中有一個微妙的停頓，而更令人幾乎感覺羞愧的是，他不得不用普通話回答：「我不會開車。」他不屬於他們，而且他什麼都做不了。於是等到他再次坐回小車，他已經在洲明確的提示下，成為了這片小小的公園區域裡，唯一的旁觀青年。

換了洲開車，致遠坐在副駕駛位上，車裡只剩下他們兩個人。誰都沒有講話，車廂裡留存著戰鬥時熱烈的心慌和憂傷的興奮，卻都和致遠失去了關係。小車穿行在上坡下坡的單行道間，很多很多的植物在深深的夜晚散發著好聞的香氣。然而這裡不是低像素的遊戲世界，他們也不是並肩在荒原上的兄弟。唉，就連沉默都變得那麼難熬。致遠很清楚，如果不是夥伴，那便是對立面。邊界沒有辦法被模糊，而旁觀是可恥的。旁觀者向來從屬於龐大的被反對的部分。但是在他內心的某一部分，既委屈又憤怒，他在責怪洲。他認為洲破壞了友情的協定，放縱出一片茫茫的灰色區域。

洲把車停在工廠區域的陰影處，距離公園的直線距離並不遠。然後他熄了火，告訴致遠說不要離開，在車裡等他回來。之後致遠回想起來時才意識到，洲在當時或許是打算獨自去做一些比天上的飛艇更重大也更切實的事情。他應該問問洲的計畫，是否需要幫忙，他應該選擇始終站在洲的這一邊。但是他沒有，他近乎賭氣地保持著沉默。

於是洲拍拍他的肩膀，依然是鄭重其事地。之後消失在破落的樓宇間。

這是最漫長的夜晚。致遠獨自坐在車裡，不知道洲的去向，會發生什麼，他是否會回來。隔開幾條馬路，能聽見從公園裡傳來的輕輕的音樂聲和笑聲，也或許是幻覺。他從儀表盤下面的儲物盒裡找到洲的唱片，於是轉動鑰匙打開了引擎，把唱片塞進ＣＤ槽口。熟悉的歌，幾乎每首他都可以跟著哼，他從這裡學會最初的幾句粵語。但是直到現在他才略微能理解一點點置身其中的同情與失望。而今天也是永恆，現在他平靜下來，濕熱的風吹過來，毛孔稍稍收緊，他的皮膚和頭髮裡還有白日大海的味道。到底哪種快樂是懸浮或者幻覺，他也非常疑慮。只是這種或者那種快樂都是脆弱的。而他和洲不一樣的是，在此之前，他從未意識到快樂終將被毀滅，也從未練習著去承擔這種毀滅。

馬路對面緩慢地走過來一小隊警察，他們停下來，對講機發出斷斷續續的電流聲和指示聲。然後其中一個朝小車走過來。致遠搖下車窗，思索著應該和他說什麼，他並沒有發慌，卻有一種荒謬的願望，想和他交談，問他一些問題。但是當警察停下來的時候，耳邊傳來更為清晰的歌聲，不是ＣＤ卡槽裡面的哼唱，而是真實的存在。有一輛小皮卡從他們旁邊經過，緩慢地往公園的方向行駛，車頂安著一對小小的喇叭，一個平凡的年輕女孩站在那裡，對著麥克風唱動聽的粵語歌。音響很差，聲音迅速在濕熱的空氣中散開，不知道她在唱的是什麼，是從沒有聽過的歌。但是過分動人。大家都靜止不動，像是在樓宇間等待飛船經過。過了好一會兒，警察回過神來，敲敲車窗說：「同學，記得早點回家啦。」

致遠搭第二天早晨的飛機回到北京。他在機場的便利店買了幾份早報。昨晚的香港平平靜靜，沒有任何不好的事情發生。

二〇一一年，致遠媽來到北京做胃部切除手術，之後終於回到縣城繼續化療。她沒有住在自己家裡，而是和母親住在一起，經常吵架，並不太開心。但是直到致遠離開北京之前，她都住在那裡。儘管她的人生遭遇了物理性的重創，愛過她的人全部離散，她卻沒有失去天真的熱忱，依然激烈地反抗家人，善良多情，在一切地方擔當不合時宜的角色。惹人討厭，也令人同情。她並不需要致遠，她反覆在電話裡告訴致遠，算命的說她還會有一段不錯的婚姻，所以她還能活一會兒。但是她也不怕死，可以死去就死去好了。總之她不需要致遠回來，甚至表示有點煩惱，但是致遠回來了，她也不得不接受。而且致遠使她擺脫了母親那裡親情的羈絆。接下來，他倆恢復了一部分舊的日常，但誰都不急著應對現實，後來生活非常自然地鋪開，也沒有出現什麼大的問題。致遠回到國營書店上班，在辦公室裡重新獲得一個職位。他回來以後，過了幾年，單位才又招聘了一些毫無才幹的年輕人。

離開北京不是被動的選擇，也不是厭倦或者失望，和霧霾更是沒有一丁點關係。這是深思熟慮以後的主動，但是致遠可以對別人解釋說他是被動的，他需要回縣城去照顧家人，得知消息的人不知道該不該流露出同情，如何安慰才恰到好處，便不會質疑或者勸阻他的決定。

搬家的時候他盡可能地扔東西，看到自行車的時候又湧起一點傷感，這麼多年過去，這輛車風雨裡來去一直沒有被偷掉，之後不騎了也放在房間裡，成為理所當然的存在。但是輪胎都壞了，無法修補，不得不放棄。他想像自己將展開一段更為嚴肅的人生，甚至賣掉了遊戲機。離開北京的前夜，致遠和約好來取遊戲機的男孩在家裡附近的操場見面，兩個人坐在操場邊喝著水，交流了遊戲經驗。致遠順手把帶著的滑板也送給了他，並且教他在水泥地上玩了一會兒。男孩跌了一跤，兩個人都哈哈大笑。男孩問他為什麼要賣東西，他說他要離開北京了。男孩也不是北京人，但是他聳聳肩，站起來拍拍褲子上的灰，大概年紀小小的時候，覺得來來去去都不是什麼了不起的事情。

洲在此之前已經出了第二張唱片，名字叫《基本美》。封面上是一張拍攝於十年前的黑白照片，團體合影，便是致遠在三里屯第一次見到洲的那個晚上。誰拍的照片，致遠完全不記得，他自己卻在照片正中間，手肘撐在小桌上，認真地聽旁邊的洲講話。照片裡面還有小馬、老馮、其他年輕人。每個人都姿態不同，提供著很多故事線，之後確實也朝著不一樣的地方走去。不可避免的事情如期發生，比如說洲真的開始禿頭。

唱片裡收錄了十首歌，大多和北京相關，或者確切地說和致遠相關。有關香港的歌只有他們坐在吉野家裡等朋友時的那場對話——這裡的吉野家味道到底和北京有沒有兩樣。洲也好，致遠也好，都沒有說清楚。洲的歌又踩破了界限，變成了敘事，卻也沒有詩性，幾乎就是他自己的博客。給業內人士一種他是在惡意玩笑的不良印象。導致剛剛發行的時候，致遠在北京的那些舊同事，都有些憤怒，認為他要不是極度傲慢，要不就是極度狡猾，對音樂性的無視更加不可原諒。而且他們紛紛認為那根本不是北京的青年生活，真實的生活更複雜和動人，而洲所概括的只是膚淺的傷感。

當時致遠已經和洲中斷了聯絡。因為沒有任何具體的事情發生，所以也不記得是從什麼時候開始不再聯繫。但是從香港告別以後，兩個人都有意識地想為友誼去做點什麼，結果就有點完蛋，彼此間只感覺到笨拙的尷尬，彷彿站在山頭，面對低像素的海灘和燈塔，再也沒有辦法放下盾牌，坐下來吹吹風。他們就此也成為兩條故事線上的人。然而致遠在聽到這張唱片時所感覺到的疑慮是獨一無二的——洲複述的生活真的是他們經歷的生活？那些對話被省略和更改之後表達的是原來的情境嗎？他們之間是層層疊疊的誤解，還是日常與虛構的河流？以及他自己，為什麼有種難以描述，並且想要回避的愧疚？

批評和謾罵的勁頭過去以後，這張唱片緩慢地紅了起來。歌名被引用於各種雜誌，代表著稍稍偏離日常的時髦和叛逆。歌詞有種輕鬆的頹廢，符合年輕人的自我映射。另外，那些低成本低像素的ＭＶ真的太棒了。像是最容易得到的幻覺或者美景，懷著無限的嘲弄和無限的浪漫。給人一種我也可以這樣，這就是我的生活，或者接下來我一定要這樣生活下去的感覺。

之後如前面所說，洲拿到幾個了不起的獎項，又去了很厲害的地方演出。罵他的人紛紛沉默，卻疑慮著究竟什麼是時代精神，不過這種珍貴的自我審視消逝得也很快。緊接著腐壞的媒體聞風開始挖掘負面新聞，很快洲和男友在島上衝浪時的照片被拍了下來。但其實照片非常可愛，洲變得比致遠印象中更加健康，他和男友並沒有什麼親密的舉動，兩個人穿著普通的T恤和短褲，站在小攤旁邊輕鬆地喝著可樂，像放暑假出來的同學。這樣的照片帶來和報導的期望完全相反的效果，歌迷們也很想要學衝浪，或者在下沉的世界裡擁有一段度假般的情感關係。

洲的博客在那段時間裡關閉了。不是出於主觀上的選擇，而是整個博客平台在新一輪浪潮的衝擊下被替代。所以繼論壇之後，博客也消亡了，彷彿一場物理性的刪除。大家抱怨掙扎了一會兒，便也高興地去往了下一個時代。在洲使用的那個博客網站徹底關閉之前，致遠用了兩個晚上把洲在過去幾年裡寫過的東西重新整理成文檔，然而大部分的照片已經因為失效而無法保存。在他重新翻閱那些博客時，他吃驚地意識到洲在北京時的情緒是多麼複雜，那些以沮喪為底色的快樂和平靜，或者掙扎和呼喊，只有在時間過去很久以後才會露出痕跡。而致遠自己在發洩著傷心和難過時，卻有過一段真正的快樂，但快樂建立在無知和模糊上，也令人不願意再提起。他同時也驚異於原來他們對於各種問題的看法是多麼的不同，卻被更動人的情感所驅使，一邊忽視，一邊構建。

有的時候致遠認為洲所希望的那個未來和他一點關係也沒有，他不想在那個未來裡。有的時候他又認為自己正和洲一起邁向困境重重的自由。就是這樣，一半是反對，一半卻一致，中間摻雜著很多疑慮、沮喪和短暫的開心。他對生活的看法也好，對世界的想法也好，差不多也是這樣，以後總歸也會帶著這樣的心情繼續活著。

致遠媽在之後一年的年底去世。奇怪的是，她去世以後，那些愛她的人又都回來了，拋卻怨念和彼此間的成見，非常自然地各自承擔起她的一部分身後事，表現得仗義和熱忱，使得一切都有序運轉。而致遠只是被督促著，完成自己的基本義務，再繼續進行下一樁。等到追悼會的當天，大雪，致遠爸終於搭上最後一班小巴。他們兩個人反倒成為現場的局外人，甚至連悲慟都無需明確表達。所有人真切的哭聲，百合花和冬青葉的香味，鉛桶裡焚燒的錫箔，完全已經變成老人的爸。奇妙啊！人生中真正重大的事情反倒像是超現實的夢。

晚上等到眾人散去，致遠去旅館裡見爸。他們泡了兩杯茶，坐在床邊，也不感覺拘謹，像兩個關係疏遠又互相尊重的成年人那樣聊了一會兒。桌上擺著一沓稿紙，致遠爸說他正在寫作。

「研究的項目嗎？」

「不是的。我在寫一個小說。」

咳。什麼小說！爆破的煙霧啊，宇宙的秘密啊，致遠一點也不想知道。

離開旅館的時候雪完全停了，天空很暗，地上的積雪是黑的，路上偶爾出現的人穿著巨大的棉襖，緩慢挪動。致遠想起和洲、小馬、老馮一起開車從北京去天津玩。也是這樣雪後的天氣。道路中間的雪都被清除了，但是結冰，不得不把車開得很慢。那是老馮用來拉貨的第一輛車，破破爛爛，取暖壞了，大家開心地擠在一起。本來想著要去天津聽相聲，結果也沒有聽，不知道玩了些什麼，都忘光了。而路中的聊天和風景，卻因為被洲寫成了歌而得以被永遠記住。現在致遠就哼著這首歌，行走在黑暗的冰天雪地中，沿途有一些小旅館，亮著破舊的霓虹燈。一片美學的荒原。無以描述的悲痛從四面八方湧來，他眼前發黑，不得不停下哼唱，在心裡大哭一場。

人生的別離理應不是這樣，但他又能怎麼做呢，不還是如此，假裝是一段遊戲的存檔，高高的山頭，兩個鄭重的，揮手告別的朋友。

二〇一七年，哦不對。醒醒吧。這裡已經是二〇一八年的世界。在得知有關洲的最後消息的夜晚，致遠懷著難以描述的心情，拋下手機裡的新聞，登錄了遺棄很久的遊戲。遊戲在幾年前便不再接受新用戶註冊，也停止了地圖的更新，但依然有人在做日常維護。想像孤單的服務器在那位程序員家裡兢兢業業地運作，彷彿末日之後倖存著的場景。從某種意義上來說，這裡是致遠和洲最後見面的地方。當他們不再聯絡以後，偶爾依然會在地圖上相遇，稍稍走上一段。很多ＩＤ已經永久退場，成為灰色，有時候只有他們倆，在這一邊的世界裡一個地圖接一個地圖地往下走，彷彿在另外一個星球進行一場沒有頭緒的冒險，給那個從一開始就不存在的精神世界抹上物質性的一筆。直到洲的ＩＤ也變成永恆的灰色，致遠則從那時起，便被困在龐大的森林裡尋找寶藏。沒有頭緒，也不得脫身。周圍的湖泊和山崖都已經尋遍，起初還能碰到零星的人，如今只剩下被機器控制的精靈在固定之所遊蕩，得不到任何線索。致遠穿過一片豐茂的牧場，洲的馬群還在那裡安靜地徘徊和進食。翻過跟前的山便是沙灘和燈塔的所在地，但是他停在瀑布下，那裡住著高個子精靈。

「你好。好久不見。」

「夏天結束了。」

「最近見過我的朋友嗎？」

「朋友啊朋友，彼此親切，一旦離別也絕不惋惜。」

「還有其他人在嗎？」

「年輕的勇者，不如去世界頻道求助。」精靈和致遠一起抬頭，低像素的雨水——HELP。

二〇一七年九月

當代名家

基本美

2024年11月初版 定價：新臺幣360元

著　　者　周嘉寧
叢書主編　黃榮慶
校　　對　吳美滿
內文排版　李偉涵
封面設計　鄭婷之

出版者　聯經出版事業股份有限公司
地址　新北市汐止區大同路一段369號1樓
叢書編輯電話　(02)86925588轉5307
台北聯經書房　台北市新生南路三段94號
電話　(02)23620308
郵政劃撥帳戶第0100559-3號
郵撥電話　(02)23620308
印刷者　世和印製企業有限公司
總經銷　聯合發行股份有限公司
發行所　新北市新店區寶橋路235巷6弄6號2樓
電話　(02)29178022

編務總監　陳逸華
總編輯　涂豐恩
總經理　陳芝宇
社長　羅國俊
發行人　林載爵

行政院新聞局出版事業登記證局版臺業字第0130號

本書如有缺頁，破損，倒裝請寄回台北聯經書房更換。 ISBN 978-957-08-7523-2 (平裝)
聯經網址：www.linkingbooks.com.tw
電子信箱：linking@udngroup.com

國家圖書館出版品預行編目資料

基本美/周嘉寧著．初版．新北市．聯經．2024年
11月．272面．14.8×21公分（當代名家）
ISBN 978-957-08-7523-2（平裝）

857.63 113016254